AF503931

LE PETIT PROPHÈTE,

OU

PRESSENTIMENT

SUR LA CONDUITE

QUE TIENDRA LOUIS XVIII,

LORS DE SON RETOUR AU MILIEU DE SES PEUPLES.

Se trouve,

AU PALAIS ROYAL,

CHEZ TOUS LES MARCHANDS DE NOUVEAUTÉS.

LE PETIT PROPHÈTE,

OU

PRESSENTIMENT

SUR LA CONDUITE

QUE TIENDRA LOUIS XVIII,

LORS DE SON RETOUR AU MILIEU DE SES PEUPLES.

Est-il d'autre parti, que celui de nos Rois ?

DUBELLOI.

A PARIS,

CHEZ PÀTRIS, IMPRIMEUR-LIBRAIRE,

RUE DE LA COLOMBE, N°. 4, EN LA CITÉ.

Juillet 1815.

AVERTISSEMENT.

La précipitation avec laquelle cet Ouvrage a été écrit, n'a pas permis à l'auteur d'en soigner la composition et la rédaction, comme il l'auroit désiré ; il reconnoît que toutes ses parties ne sont point assez coordonnées entre elles, et que cet ensemble, cette unité, qui seules constituent essentiellement les bons ouvrages, les ouvrages durables, ne s'y font pas remarquer : ce sont seulement des idées premières sur lesquelles il se propose de revenir, afin de rendre son travail plus digne du public éclairé et de lui.

LE PETIT

PROPHÈTE.

Vɪvᴇ le Roi ! La France est sauvée ! la tyrannie vient d'expirer au milieu des plus affreuses convulsions ; encore un moment, et le monstre dans le cœur duquel résidoit le foyer de tous les crimes n'existera plus ; avec lui, son odieuse famille ira dans le tartare épouvanter les ombres ; ses frères, par leur affreuse immoralité, ses sœurs..... Où es-tu Messaline ? Voici tes rivales ! Que vois-je ! ô Rhadamante ! Quelle inexprimable horreur s'empare de toi, à l'aspect de l'assassin de d'Enghien, de celui qui a entraîné tant de victimes au trépas, qui a bouleversé le monde ? Quels tourmens lui réserves-tu ? Où sont tes supplices ? Je t'entends : j'aperçois un fleuve de sang humain pour alimenter sa soif sans cesse renaissante, mais toujours plus dévorante ! Que vois-je encore ? Ses ministres, ses satellites, ses esclaves, ses complices, ce ramas impur de tout ce que la France avoit de plus corrompu et de plus pervers, lui servent de cortège, non plus pour se prosterner servilement devant lui, pour se précipiter au-devant de ses desirs les plus effrénés ; mais pour l'accabler des reproches les plus inouis, pour l'outrager impitoyablement, pour s'accuser, se déchirer les uns les autres : je les vois tous précipités, avec les Euménides, dans le fleuve immonde qui les engloutit en bouillonnant ; ses flots se soulèvent et viennent se briser sur ses bords avec un fracas effroyable ; de toutes parts d'horribles gémissemens, des cris épouvantables se font entendre, et ces gémissemens et ces cris doivent être éternels.

Affreux C...., [illegible] misérable C......, traître N.....! et vous tous hommes de sang, soyez à jamais abhorrés par la postérité la plus reculée, et subissez le trop juste châtiment que vous avez si bien mérité.

Plus de pardon, plus de grâce : peut-il en être pour les grands coupables? L'heure de la miséricorde est passée ; déjà j'entends retentir celle de l'inexorable justice. Louis sait quel a été le prix de sa clémence, de sa

magnanimité. D'ailleurs, n'a-t-il pas de nouvelles injures à venger, de nouveaux crimes
à punir ? Indignement trahi par tous ceux qu'il
auroit pu frapper, et qu'il avoit cependant
comblés de pensions et d'honneurs, il est temps
qu'il fasse violence à la bonté de son naturel,
et que saisissant le sceptre d'une main ferme
et redoutable, il porte l'épouvante dans l'âme
des coupables, et purge enfin le sol de la
patrie si long-temps inondé de son sang, et
baigné des pleurs de tant d'illustres et infor-
tunées victimes qui du fond des tombeaux
crient vengeance.

Louis XVIII, en recouvrant l'antique héri-
tage de ses aïeux, se gardera bien d'y rentrer
à des conditions qui blesseroient la majesté du
trône, ni même d'accepter la constitution qui
doit lui être présentée ; fût-elle, d'ailleurs, aussi
parfaite qu'il soit possible de la desirer ; par la
raison qu'un brigand qui s'empare du bien d'au-
trui à main armée, ne peut en disposer légalement comme de sa propre chose ; que tous les
ordres qu'il se permet de donner dans votre
maison, sont autant de délits attentatoires à
l'ordre de la société ; que toutes les dispositions qu'il ose faire, sont autant de violations
criminelles aux droits les plus sacrés ; et que

(6)

tous les actes qui émanent d'une autorité aussi
monstrueuse, sont nuls, radicalement nuls : or,
la convocation des collèges, celle du champ-
de-mai ; la nomination des députés, celle de
Paris, sont nulles ; et conséquemment tout ce
qui peut émaner d'eux, est également nul :
donc le gouvernement provisoire est un monstre par le fait même de sa création. Quels
hommes cependant! je vois à la tête de ce
gouvernement *tous gens de bien.*

[illegible], Carnot, Caulincourt, c'est mal à
propos que vos noms ont effrayé tous les partis ; il est à la vérité des souvenirs si terribles !...
Cependant, que la France soit sans alarmes,
les armées alliées sont là, Louis-le-Désiré est
avec elles, et notre bonheur n'est plus douteux.

Ainsi, je le répète, Louis XVIII n'accep-
tera point une constitution qu'oseroient lui présenter des gens qui ne sont revêtus d'aucun
caractère avoué par la loi : en vain prétendent-
ils représenter la nation ; la nation elle-même n'a
point été légalement convoquée ; d'ailleurs, ne
sait-on pas que les nominations ont été faites sous
l'influence des baïonnettes ? et que les départe-
mens qui ont pu s'y soustraire, se sont soule-
vés contre l'usurpateur, et ont foulé aux pieds
ses odieux commandemens.

Si les bornes en litige des droits du Roi et de ceux du peuple doivent être fixées de nouveau, laissons ce soin à la magnanimité de Louis; son caractère bien connu et l'élévation de sa grande âme, nous répondent de la pureté de ses intentions, de la droiture de ses principes, et de son impassible justice.

N'en doutons pas, il fera plus pour le bonheur de ses sujets, que les véritables mandataires de la nation ne feroient pour elle en stipulant ses intérêts. Si Louis, contre toute attente, trompoit nos espérances, il se trômperoit lui-même; car, il est en toute chose un juste équilibre; le rompre, c'est courir à sa perte. Au surplus, ne savons-nous pas comment il règne? et quelle plus forte garantie pouvons-nous désirer?

Mais que viens-je d'apprendre? On prétend que les factieux, dans les mains desquels réside le pouvoir, ont résolu de se défendre jusqu'à la dernière extrémité; ils veulent, dit-on, imposer des conditions? non pas pour l'avantage ni pour l'honneur de la patrie, en vain voudroient-ils nous le persuader? De tels sentimens n'entrèrent jamais dans leurs cœurs féroces, ils ne connoissent que leur avantage personnel. Que leur importe la tranquillité, le bonheur, la vie des François qu'ils prodiguent, pourvu que leurs jours soient épargnés? Il n'est donc pas un seul homme dans les deux chambres qui soit assez courageux pour faire entendre, au nom de l'humanité, la voix de la vérité, de la raison, enfin de la nécessité? Malheureux! vous répondez sur vos têtes du sang que vous faites couler si inutilement; vous succomberez, vous périrez, n'en doutez pas, et les Bourbons régneront; mais puissiez-vous périr tout à l'heure!

Cependant que fait Louis? effrayé par les fléaux qui désolent la France, pourroit-il jamais se résoudre à traiter avec les rebelles? Et, dans ce cas, pourroit-on regarder ce traité comme irrévocable, puisqu'il auroit été arraché par les considérations les plus puissantes, et qui parlent le plus impérieusement au cœur d'un bon Roi? j'en appelle à l'Europe entière!

Qu'il me soit permis de le dire (car je suis porté à le croire), si l'analogie peut me faire juger sainement de la durée des choses morales par celle des choses physiques, c'est un principe qu'un tout composé d'élémens hétérogènes, de parties essentiellement disparates, ne peut subsister long-tems sans une altération ou sans de nouvelles combinaisons de ses parties constitutives : or ceci se prouve par les faits.

Pourquoi Louis XVIII n'auroit-il jamais pu consolider l'édifice social ébranlé depuis long - tems jusque dans sa base ? pourquoi n'auroit-il pu donner aux institutions la stabilité et la perfection à laquelle elles devoient atteindre ? pourquoi encore tout dans son gouvernement avoit-il été forcé, avoit-il dépassé ses limites naturelles ? pourquoi étoit-on blessé de voir ensemble des choses si disparates et des hommes qui se convenoient si peu ? pourquoi enfin Louis a-t-il été si affreusement trahi, et l'usurpateur a-t-il reparu ? Parce que le Roi, en prenant le timon des affaires, avoit été, par l'entraînement des circonstances, placé dans la nécessité de composer avec les coupables, et pour ainsi dire avec les assassins de sa maison ; parce qu'il s'étoit engagé de maintenir les institutions qu'il trouvoit alors établies, de conserver aux personnes indistinctement leurs emplois, leurs honneurs, leurs titres ; de reconnoître la nouvelle noblesse, tandis qu'il replaçoit l'ancienne dans son antique splendeur. Ainsi l'on voyoit à la cour de Louis XVIII toute l'ancienne cour de Louis XVI confondue, amalgamée avec la cour du tyran et encore avec les partisans; les amis du régime révolutionnaire. Chose non moins inouïe, on voyoit rassemblés autour du trône des hommes stupéfaits de se rencontrer réunis pour la première fois sous la bannière des lys, de participer aux mêmes prérogatives ou d'être revêtus des mêmes attributions. Les noms les plus anciens de la monarchie et les plus nouveaux, placés sur la même ligne, sembloient contraster d'une manière choquante et provoquer le rire. Le compagnon, le confident, l'ami, le *fidus Achates* du tyran, partageoit auprès de sa majesté les mêmes fonctions que les Noailles et les Duras. Quelle confiance cependant pouvoit inspirer un tel homme et beaucoup d'autres qui n'étoient point investis de cette considération personnelle qui seule garantit la moralité des individus et répond de leur conduite ? Que pouvoit-on attendre d'une pareille composition ? Des opinions, des sentimens, des principes diamétralement opposés, des prétentions exagérées de part et d'autre, des rivalités insupportables, des amours-propres blessés, des orgueils révoltés, des mécontentemens, des plaintes sans nombre, des écrits séditieux, des souvenirs, des haines mal dissimulés ;

enfin, une démarcation fortement prononcée entre l'ancienne et la nouvelle caste, annonçoient très-clairement qu'il y avoit deux partis dans l'Etat : l'un dévoué au monarque, l'autre conspirant contre lui ; ceux - ci audacieux, d'une profonde dissimulation, et fomentant le crime ; ceux-là pleins d'honneur et de loyauté, incapables de soupçonner qu'il y eût des hommes assez pervers pour se jouer de la sainteté des sermens.

La cour se trouvoit placée entre deux écueils qu'il étoit impossible d'éviter et elle le sentoit bien ; la royauté pleine et entière devoit être son but, et pour y parvenir il falloit une ré-organisation générale dans toutes les parties du gouvernement ; mais alors ç'eût été violer la charte constitutionnelle, et cependant il étoit impossible que le Roi régnât avec quelque dignité dans l'état préexistant des choses : aussi qu'est - il arrivé ?... Que l'on ne dise pas que si l'homme de l'Ile d'Elbe n'eût pas existé, tout seroit demeuré tranquille ; impossible. A la vérité, les évènemens du mois de mars ne seroient point arrivés, mais je maintiens que l'état eût été constamment agité. Nous le répétons, ce composé d'élémens hétérogènes, de parties essentiellement disparates, ne pouvoit subsister long-tems sans éprouver de violentes secousses ; il falloit en un mot que l'un des deux partis écrasât l'autre. Effectivement, il y a pour les choses morales un certain équilibre auquel tendent toutes les idées ; le tems qui nivelle tout , assimilera aussi toutes les opinions et les confondra en une seule qui sera formée de toutes les premières ; et cette opinion sera le système de la monarchie , mais de la monarchie avec toutes ses attributions , avec tous les droits , toutes les prérogatives qui y ont été attachés dans les tems où on l'a vue briller avec le plus d'éclat : et pour préparer ce grand œuvre et parvenir à ce résultat tant désiré par les bons esprits , par les esprits sages et éclairés , que fera le Roi ? Arrivé au milieu de sa capitale , escorté au palais de ses aïeux par des acclamations universelles , rendu aux vœux de ses fidèles sujets comme un bon, un excellent père est rendu à ses enfans ; les souverains alliés mettront à sa disposition quelques régimens pour contenir et réprimer les factieux , les conspirateurs et tous les agens du crime. Son premier soin sera de licencier les armées , non qu'il ait rien à redouter du soldat qui a pu être un moment égaré par des traîtres qui l'ont trompé , et qu'il rougira bientôt d'avoir écoutés ; car les braves en général sont gens d'honneur , et le Roi peut compter sur leur dévouement et sur leur fidélité.

L'armée étant licenciée , Sa Majesté s'occupera aussitôt de la réorganiser et de la recomposer de nouveaux élémens ; tous les soldats rentreront dans de nouveaux cadres ; quant à ceux d'entre les généraux , les officiers supérieurs , et tous autres qui se sont fait un cruel plaisir de la trahison , et de mettre la patrie à deux doigts de sa perte , il est une justice distributive qui les attend.

Les administrations civiles et militaires demandent aussi à être recomposées ; beaucoup de leurs agens sont indignes d'exercer des fonctions qu'ils ne remplissoient que pour servir la tyrannie et avilir la royauté.

Le roi anéantira , par une déclaration solennelle , l'œuvre entière , l'œuvre gigantesque du tyran ; les dignités , les distinctions , les titres , les majorats de sa création , seront abolis ; les ordres de la légion d'honneur, de la réunion , etc. suivront le même sort ; mais sa majesté élèvera aux dignités, annoblira , créera chevaliers de ses ordres ceux qu'il en jugera dignes ; les soldats membres de la légion d'honneur conserveront, seuls, la pension qui y étoit attachée, et recevront une nouvelle décoration.

La vente des biens nationaux sera garantie de nouveau, et la dîme irrévocablement abolie.

S. M. appellera dans ses conseils des hommes sûrs et éprouvés par leur fidélité, mais aussi dont la capacité sera bien reconnue. Ses ministres devront être des personnages d'un haut mérite, et investis de la considération publique. Sa maison militaire, si on en excepte les mousquetaires, laissoit beaucoup à désirer. Un excellent esprit animoit la masse entière, mais on sait que cela ne suffit pas. Peut-être seroit-il bon qu'elle fût prise en partie dans l'armée.

La nouvelle charte constitutionnelle fixera particulièrement la sollicitude du prince. Cette base fondamentale de la monarchie ne pourra être trop profondément méditée, elle sera particulièrement tellement coordonnée avec la dignité du trône et le bonheur des peuples, qu'une fois promulguée et acceptée, elle devra être sacrée pour tous : malheur à quiconque tenteroit d'y porter atteinte!

Une fois que le gouvernement est établi, il faut que toutes ses institutions, quelle qu'en soit la nature, portent avec elles un caractère auguste et sacré; il faut que tous les membres de la société qui les ont adoptées, ne voyent en elles que la sauve-garde de la prospérité publique; il faut que, sous quelque prétexte que ce soit, personne n'ose entreprendre impunément de réformer l'opinion publique à cet égard. Je vais plus loin, je prétends que si l'inquisition étoit établie à Paris, et consacrée par le tems, il faudroit l'y maintenir. Gardez-vous de toucher à l'édifice social, sous le prétexte de le réparer : plutôt mille fois qu'il tombe de vétusté ! Il suit de là que les princes ne peuvent trop se mettre en garde contre toute espèce d'innovation : la moindre atteinte portée à la constitution de l'Etat, devroit être regardée comme un crime capital : plutôt périsse l'héritier présomptif de la couronne, que de laisser violer un principe ! C'est Manlius qui envoie son fils à la mort, pour avoir vaincu sans la permission de son général.

C'est pourquoi la nouvelle charte attribuera de grands pouvoirs au prince. Il suffira qu'il en soit revêtu pour qu'il les exerce avec une extrême discrétion ; content de la portion qui lui sera départie, il ne sera jamais tenté d'envahir l'autre.

Qu'ont fait les Danois? ils ont solennelle-
ment conféré à leur roi les pouvoirs les plus
illimités ; le despotisme le plus absolu est le
caractère distinctif de la constitution de l'Etat ;
et cependant il est remarquable qu'aucun de
leurs souverains n'a abusé , jusqu'à présent, de
la puissance extraordinaire que le peuple a
jugé à propos de déposer entre ses mains.

Qu'ont fait au contraire les Anglois ? Ils se
sont appliqués à balancer partout par des con-
trepoids égaux, la force qu'ils accordoient à
leur roi, de telle sorte que la force d'action dût
rencontrer partout la force de répression , au
point que pour agir avec succès , il fallût absolument le concours simultané et réciproque
de ces deux forces.

Effectivement, les garanties contenues dans
la constitution angloise sont admirables, et le
peuple met au rang de ses premiers bienfaits
la liberté qu'il a de penser tout haut et de pouvoir tout écrire. L'Europe retentit encore
des éloges prodigués aux auteurs de cette fameuse constitution ; quant à moi, je me bor-
nerai à demander si le peuple est plus heureux
en Angleterre que partout ailleurs? si le roi
est moins roi que les autres rois de l'Europe?
s'il est moins despote? Eh! non sans doute, la

constitution angloise n'est qu'un manequin, ou si l'on veut un hochet qu'il faut laisser aux politiques des tavernes, à *John-Bull* qui veut bien se croire heureux et libre par elle. Mais ne sait-on pas que le cabinet de Saint-James se joue à son gré de cette constitution tant prônée ? qu'il se rit et s'amuse du parti de l'opposition ? que, s'il venoit à tomber, il soudoierait des orateurs pour le relever, et en former un nouveau, parce qu'il sait bien que le parti ministériel l'emportera toujours, sera toujours le plus fort ; c'est-à-dire, que le roi sera toujours le maître ?

» *Le peuple anglois*, dit Rousseau, *pense*
» *être libre ; il se trompe fort, il ne l'est que*
» *durant l'élection des membres du parle-*
» *ment ; sitôt qu'ils sont élus, il est esclave,*
» *il n'est rien. Dans les courts momens de sa*
» *liberté, l'usage qu'il en fait mérite bien*
» *qu'il la perde.* »

Quant à la liberté de la presse, elle est sans conséquence chez nos voisins ; les affaires politiques qu'ils agitent publiquement dans leurs clubs, et sur lesquelles leurs journalistes discutent à tort et à travers, sont par rapport à eux, ce que les chansons sont par rapport à nous. Sont-ils mécontens de la cour, des ministres, ils se déchaînent hautement contre eux; la lutte entre les uns et les autres est perpétuelle; c'est une guerre interminable, mais elle ne fait de mal à personne, et les choses n'en vont pas moins au gré des gouvernans. Chez nous que fait-on en pareil cas? Nous exhalons notre bile dans des chansons. Chaque peuple à ses usages, ses mœurs, ses préjugés, qui lui sont propres et qu'il faut respecter. La liberté de la presse doit être en France extrêmement circonscrite, autrement il en résulterait des abus qui entraîneraient après eux de graves inconvéniens, peut-être plus grands que l'on ne pense.

On vient de voir par ce qui vient d'être dit, et l'histoire nous apprend que non-seulement les souverains de la Tamise, mais encore tous les princes, dont le pouvoir étoit trop limité à leur gré, se sont efforcés d'envahir celui qu'on leur contestoit, et y sont parvenus tôt ou tard, ou ont entraîné avec eux des guerres intestines et tous les genres de calamités, plus ou moins prolongés; car, quoi que l'on fasse, les rois n'ont-ils pas en main tous les moyens pour triompher des opposans!

L'or, les places, les distinctions, la faveur,

sont des moyens de corruption qu'on ne peut leur enlever, et l'on sait qu'avec de tels leviers on peut tout ce que l'on veut. Où sont les Fabricius pour leur résister? Par exemple, ou les chambres deviendront dominatrices, ou elles recevront l'impulsion de la cour: dans le premier cas, je vois une nouvelle révolution; dans le second, un gouvernement durable et paternel; car le roi, après avoir replacé la nation sur son antique base, voudra, dans son propre intérêt, rendre ses peuples heureux, parce qu'il lui importe qu'ils le soient, attendu qu'il désire conserver l'amour de ses sujets par-dessus tout: tandis qu'un mauvais prince n'a jamais connu le véritable bonheur, et que presque tous ont payé chèrement les maux qu'ils ont faits, et qu'aucun n'a évité la haine et l'exécration publiques.

Et puisqu'il est reconnu que le bon droit, le droit légitime, que l'inviolabilité même des têtes couronnées sont nuls sans la force, je dirai que c'est dans l'heureux emploi de cette force que réside la toute-puissance du trône, et que consiste toute l'habileté des princes. Oui, sans doute, il faut qu'ils soient forts, très-forts, non-seulement dans la guerre, mais encore dans la paix; il faut que toutes les parties de leur gouvernement participent de cette force ; il faut qu'elle fasse sentir sa présence partout, que tous les esprits soient contenus par elle ; j'entends qu'au premier trouble les auteurs soient mis hors d'état de nuire : malheur au prince qui foiblit une première fois ; aussitôt on voit de toutes parts les esprits inquiets et turbulens, les ambitieux, les factieux, les philosophes, s'agiter en tout sens pour troubler l'État, et arracher au prince des concessions funestes à son autorité ; jusqu'à ce qu'enfin n'ayant plus assez de force pour arrêter les progrès d'un mal toujours croissant, les peuples, égarés par les séditieux, en profitent pour s'insurger, se révolter contre leur roi légitime et le détrôner ; non pas pour recouvrer une prétendue liberté, de laquelle ils n'ont jamais su jouir, non pas pour se rendre plus heureux par leur indépendance (je prouverai ailleurs que cela est impossible) ; mais, au contraire, pour se donner ou recevoir d'autres maîtres, jusqu'à ce que ceux-ci tombent à leur tour pour faire place à d'autres, qui seront eux-mêmes remplacés et indéfiniment.

Mais si les annales de l'histoire sont remplies de ces sortes d'événemens, ou plutôt si ces événemens constituent uniquement les annales de l'histoire, n'est-ce pas le comble de la folie que de vouloir donner une pente rétrograde à la marche des choses ? Sont-ce les clameurs de quelques insensés qui l'arrêteront ? Ceux - là ressemblent assez à ces dogues qui aboient contre la lune, elle n'en décrit pas moins paisiblement son cours : de même, quoi que l'on fasse, que l'on dise, et que l'on écrive, les hommes n'en seront pas moins gouvernés par d'autres hommes, bien ou mal, selon leur bon ou mauvais génie. Telle est la nature humaine ; il n'est pas de puissance qui soit en état de la changer ou même de la modifier ; j'en appelle à l'expérience des siècles.

Ainsi, à quoi bon tous les écrits des philosophes ? A quoi bon surtout, s'armer, s'entrégorger, dépeupler les empires pour déplacer un souverain, puisqu'au moment où il cesse de régner, il est remplacé par un autre ou d'autres, le nombre n'y fait rien ? A la vérité, on a changé, si l'on veut, de despote, mais le despotisme est resté intact ; donc, on n'a rien fait, on est exactement revenu au point d'où l'on étoit parti.

Que signifient tous ces systêmes, toutes ces théories sur la liberté, sur la perfectibilité de l'espèce humaine, sur la raison humaine, sur l'amour de la patrie?

Qu'est-ce que la liberté? Qui pourra la définir? Dans l'ordre social, il n'est rien que l'on puisse appeler la liberté ; les hommes ne sont pas nés pour elle, ils ne parlent tant de cette chimère que parce qu'ils sont esclaves. Tout est entrave dans la société ; l'homme ne peut pas faire un pas, ni se mouvoir, sans sentir de tous côtés le poids de ses chaînes.

Depuis Aristote, qui a prétendu que les hommes naissent, les uns pour l'esclavage et les autres pour la domination, jusqu'à Rousseau, qui a écrit son livre du Contrat social pour démontrer le contraire, tous les philosophes qui ont raisonné sur le droit public, se sont trompés, à mon avis : mon opinion est que les hommes sont organisés de telle sorte qu'ils apportent tous en naissant le germe des qualités constitutives du despotisme, ou, si l'on veut, qu'ils naissent pour l'esclavage. Ceci implique contradiction, mais s'expliquera tout à l'heure.

L'enfant encore dans les langes, essaye d'abord d'exercer son despotisme sur sa nourrice, et, si on le laisse faire, bientôt il en fera sa première esclave. Il n'y a pas de milieu, il faut que l'homme donne la loi ou qu'il la reçoive. *L'accord de deux intéréts particuliers se forme par opposition à celui d'un tiers*, a dit le marquis d'Argenson.

Le corps social est une aggrégation ou association d'hommes qui forment entre eux ce que l'on appelle l'Etat. Un Etat comprend plusieurs classes qui se divisent et se subdivisent à l'infini, depuis le premier magistrat jusqu'au dernier artisan ; chaque classe, chaque profession, est composée d'un nombre plus ou moins grand d'individus ; tous, dans leur classe ou profession respective, quelque part qu'on les prenne, dans quelque situation qu'ils puissent être placés, à quelque degré de civilisation ou de corruption qu'on les rencontre, sont toujours entre eux dans un état de guerre perpétuelle ; leur unique soin, le but auquel ils tendent constamment, est de se surpasser les uns les autres, de dominer sur tous. Cet esprit de domination est universel ; il ne s'éteint pas dans l'esclavage ; on le retrouve jusque dans les fers. Chacun se console d'être dominé, pour avoir le plaisir d'en dominer d'autres à son tour, et ainsi d'échelons en échelons.

La société entière est un composé bizarre de

despotisme et d'esclavage : chaque individu est despote et esclave tout à la fois.

Les princes entre eux suivent le même système. Pourquoi se font-ils la guerre ? c'est uniquement pour se renverser, pour usurper la supériorité les uns sur les autres, pour commander et asservir ; sans ce besoin irrésistible, le fléau de la guerre seroit inconnu.

Ce que je dis des individus s'applique également aux peuples. Ouvrons l'histoire ; et nous verrons les nations armées les unes contre les autres, les petits états se confédérer pour résister à l'oppression d'un grand empire ; les républiques de la Grèce, par exemple, unir leurs forces contre les Perses, leur résister et se rendre redoutables ; mais enfin celles-ci finir par être envahies par Alexandre et ses successeurs ; puis par les Romains, sous Sylla. Et aujourd'hui ne voyons-nous pas la ville de Lycurgue, la ville de Périclès et tout le Péloponèse courbés sous la main de fer du Turc ? Donc tout est servitude sur la terre.

On peut encore, par un autre raisonnement, arriver à la même conséquence.

L'homme ne peut pas vivre dans l'état de nature, puisqu'en tout temps et partout on a rencontré les hommes réunis en société. Or, la société ne peut s'établir et se maintenir que par des conventions, et quelle qu'en soit la teneur, ce ne peut être que par l'aliénation d'une portion de sa liberté naturelle, que chaque membre est admis à conserver l'autre sous la protection de l'Etat; mais cette autre portion n'a aucune réalité, elle n'est même qu'imaginaire; car l'homme n'est-il pas constamment tyrannisé par les coutumes, les préjugés et l'opinion? A la vérité les lois, si elles ne sont pas mauvaises, sont instituées pour le protéger, et la religion pour l'éclairer et le consoler; mais les lois peuvent aussi l'entraver, l'opprimer, comme la religion peut le perdre, s'il se trompe dans son choix ou si elle a de mauvais ministres. Alors que devient ce reste de liberté qu'il a acheté si cher?

Ce n'est pas tout : une société suppose un gouvernement. Quelle que soit son essence, je vois des hommes, et par conséquent des despotes; c'est pourquoi l'on doit préférer à tous les gouvernemens celui d'un seul, parce que si l'on est forcé d'obéir, le penchant que l'on a par sa nature à la domination, fera supporter plus facilement le joug d'un seul que celui de plusieurs.

L'esclavage se fait sentir avec plus ou moins

d'intensité, selon le prince qui gouverne.
Mais dans quel degré d'avilissement l'homme
ne peut-il pas tomber, s'il arrive qu'il soit
sous la domination des trois affreux Pierres
qui régnèrent dans la même année, l'un en
Portugal, l'autre dans l'Aragon, et l'autre en
Castille ? C'est alors que l'esclavage se transforme en véritable abrutissement, et que
l'homme, une fois tombé dans ce dernier degré de prostration morale, perd jusqu'au désir
de rompre ses chaînes, et finit par les aimer.
Ce ne seroit pas pour moi un problême à résoudre, que de décider s'il est plus malheureux dans cet état absolument négatif, que
dans celui où il lutte sans cesse contre le despotisme.

Ce qui prouve encore que l'homme n'est
pas né pour la liberté, c'est qu'il tend constamment vers la domination. Ce qui prouve
le contraire, me répondra-t-on, c'est que
les peuples se sont toujours insurgés, dès
qu'ils l'ont pu, contre leurs souverains lé-
gitimes ; qu'ils les ont fait descendre du
trône, quelquefois après des guerres sanglantes et terribles, dans la seule pensée
de recouvrer leur liberté. Ceci n'est pas
vrai ; les peuples n'ont pas pour cela recou-

vré leur liberté, ils ont seulement échangé leurs chaînes contre d'autres chaînes quelquefois plus plus pesantes ; car le despotisme appartient indistinctement à tous les gouvernemens : on est également esclave sous dix, sous cent gouvernans comme sous un seul. L'esclavage est une qualité qui appartient à la nature de l'homme ; elle dérive de son penchant invincible à commander ses semblables. *Pour vous, peuples modernes*, a dit Rousseau, *vous n'avez point d'esclaves, mais vous l'êtes. La liberté ne peut subsister sans l'égalité*, a-t-il dit encore. Sur ce pied, j'ai raison de ne voir dans l'Europe entière, dans l'univers, que des esclaves et des despotes ; un peu plus, un peu moins, voilà la seule différence ; car, chez aucun peuple policé du monde je ne vois régner l'égalité ; je vois partout, au contraire, la misère à côté de l'opulence ; l'une prête à vendre la liberté publique, et l'autre à l'acheter. Aussi Platon se garda bien de donner des lois à des peuples qui lui en demandoient, parce qu'il savoit qu'ils étoient opulens et qu'ils ne voudroient pas admettre l'égalité parmi eux.

Le Contrat social peut tout au plus être considéré comme la rêverie d'un homme de bien ; il offre une théorie peut-être séduisante et savamment raisonnée, mais impraticable. Platon, et après lui Hobbes et Grotius, ont envisagé la même matière sous des rapports bien différens ; aussi se sont-ils rapprochés davantage de la vérité.

Après avoir cité des noms justement célèbres, laissons parler un moment l'un des plus furieux apôtres de la révolution : *Vous succombez, hommes qui vouliez être libres*, s'écrie-t-il, dans son mémoire au Roi, *et par conséquent tous les crimes vous seront imputés*. Qu'entend-il par ces hommes qui vouloient être libres ? Ne serait-ce point ceux qui se sont constamment jetés dans les bras du plus fort ? qui ont alternativement porté les livrées de tous les partis ? ceux qui ont survécu à tous les désastres, parce qu'ils les ont fomentés tous ? ces anarchistes habiles à peupler les tombeaux, à combler les cimetières ? ces misérables qui ont régné par la terreur, qui ont traîné leur Roi à l'échafaud, pour enfanter une république, puis un directoire que bientôt ils ont foulé aux pieds ? pour se prosterner devant un tyran, qui en les gorgeant de richesses, et en les avilissant tour à tour, leur donna des chaînes que ces fiers répu-

blicains portoient avec tant de bassesse et
d'ignominie? Ne seroit-ce point encore ces
membres des comités d'où sortoient tous les
fléaux pour se répandre sur la malheureuse
France ? ces ministres odieux du plus odieux
tyran? On sait pourtant bien que les tigres
peuvent se repaître de sang ; mais que ce
n'est pas en dévorant les hommes qu'on leur
fait goûter les douceurs de la liberté. Eh !
sans contredit, tous les crimes seront imputés
à ceux-là qui les ont commis tous.

Il dit encore : *si le systéme de la liberté
eût prévalu, les choses auroient porté des
noms bien différens.* Quoi! prétendroit - il
justifier sa monstrueuse république, engendrée
par des Néron et des Caligula, ou son im-
puissant directoire tombé dans le décri et
l'avilissement dès sa naissance? Au surplus,
que parle-t-il de la liberté, puisqu'il déclare
positivement que *la révolution a été un despotisme continuel?* Mais lui qui a été constamment à la tête de cette affreuse révolution,
que faisoit-il alors? C'étoit à cette époque
où il avait une si grande influence dans les
affaires qu'il falloit élever la voix , qu'il falloit
tonner contre les fauteurs du despotisme,
proclamer les principes de la vraie liberté,

la faire triompher ou périr pour sa cause, et il a précisément fait le contraire. Et il ose parler *d'une nouvelle croisade!* quelle horreur! Le sang n'a-t-il pas assez coulé? Quoi! du sang et toujours du sang! Celui qui a rejailli jusque sur lui , n'a-t-il rien qui l'épouvante?

Pourquoi encore a-t-il observé le silence avec l'usurpateur , ou du moins, pourquoi n'a-t-il jamais osé lui adresser directement ni publier authentiquement aucun écrit qui approchât de son mémoire au Roi? L'un cependant étoit son ennemi personnel ; *il avoit de plus particulièrement tant opprimé les républicains,* ce sont ses expressions ; l'autre, que lui a-t-il fait? Seroit-ce parce qu'il ne lui a pas rendu guerre pour guerre? S'il a eu tort, étoit-ce à lui à l'en faire repentir? Si sa clémence a été inouie, pourquoi tant d'audace? Et moi aussi, je pourrois accuser le Roi.

Le despotisme du tyran avoit comprimé tous les esprits inquiets et remuans, tous les factieux, tous les chefs de bande; s'ils eussent remué, ils étoient morts; et à cet égard, la tranquillité publique s'accordoit avec la politique, pour commander la plus grande et la plus prompte sévérité.

La clémence sans mesure de Louis, au contraire, est tellement connue que certaines gens croyent pouvoir tout hasarder impunément ; cependant il est temps qu'il se souvienne que la clémence de Jules-César lui a coûté la vie.

Ainsi l'homme de qui je parle en ce moment prouve, par toute sa conduite politique, qu'il a été constamment un lâche et un esclave. Il a raison de dire que l'histoire entière du monde nous offre à peine quelques pages qui soient consacrées à décrire les effets de la véritable liberté, et, encore ici, voudroit-il nous faire prendre l'apparence pour la réalité : la liberté étoit le prétexte, et le despotisme la fin. Concluons que les hommes naissent dans l'esclavage, et que par conséquent ils sont nés pour l'esclavage. Ceci paroîtra dur et humiliant pour notre espèce. Eh ! qu'importe ? faudra-t-il toujours laisser la vérité au fond du puits ?

Passons à la perfectibilité de l'espèce humaine. Je ne reconnais de véritable perfectibilité que celle d'où résulte le bonheur de l'homme. La civilisation et tous les prétendus avantages qu'elle apporte en foule avec elle, sont plus éblouissans que solides, car elle fait naître aussi et développe à un degré éminent toutes les passions, tous les crimes, et engendre la plus effrayante corruption d'où découlent tous les fléaux qui affligent la malheureuse humanité ; et n'est-il pas démontré à l'œil le moins observateur, *ipso facto*, que de toutes les espèces d'animaux, sans exception aucune, la nôtre est la plus dépravée et la plus perverse ; car, depuis la création, en quoi s'est-elle améliorée ? A la vérité, elle a renoncé à son état primitif, à l'état de nature, pour se soumettre à l'état de société, parce qu'elle en a senti la nécessité ; mais cet avantage, si c'en est un, à quel prix l'a-t-elle acheté ? les conséquences n'en sont-elles pas affreuses ? quelle alternative !

L'art de gouverner les hommes n'est pas, comme les autres arts, susceptible de se perfectionner ; ceux-ci ont leurs règles, leurs préceptes et une législation positive qui leur est propre, et dont on ne peut s'écarter sans se fourvoyer. Mais la science du gouvernement est bien une autre affaire ; ses règles, ses préceptes, sa législation, sont d'une extrême mobilité, ou plutôt je n'admets rien de tout

cela ; car il peut se faire qu'un monarque gouverne très-mal avec une charte constitutionnelle parfaite, tandis qu'un autre gouvernera
admirablement avec une charte constitutionnelle mal conçue. Donc la science de gouverner n'est pas susceptible de perfectibilité.
*On sait assez que notre tempéramment fait
toutes les qualités de notre âme*, a dit Vol-
taire. Or, ce sont ces qualités qui font les bons
ou les mauvais princes. Que les peuples ayent
de bons gouvernans, ils seront bien gouvernés,
indépendamment de toutes les constitutions,
bonnes ou mauvaises.

Si je parle de la raison humaine, je demanderai quels sont les pas qu'on lui a fait faire
depuis vingt-cinq ans ? qu'a-t-elle gagné ? si-
non la triste conviction que, de tous les fléaux
le plus redoutable, c'est de vivre au milieu
d'une révolution, c'est d'être la proie de quelques ambitieux forcenés qui s'emparent du
pouvoir à force de crimes, qui prêchent l'égalité à condition qu'ils seront les maîtres, qui
vous parlent de liberté en rivant vos fers plus
fortement que jamais.

D'ailleurs, la raison et l'expérience ne signifient rien en politique. Avions-nous besoin

de notre révolution d'un moment, qui s'est opérée sur un petit coin du globe, pour pressentir et prédire le gouffre de maux dans lesquels nous allions nous précipiter, si nous étions assez insensés pour déchirer le pacte social qui nous unissoit? Toutes les histoires des peuples anciens et modernes sont remplies de leurs révolutions et des malheurs inouis qui les ont accompagnées; nos mémoires n'offrent que le tableau des catastrophes qui ont accablé le genre humain. Notre imagination en est effrayée. De tels souvenirs cependant n'ont pu nous arrêter. Cette expérience sera aussi perdue pour nos neveux; ils liront l'histoire des révolutions, ils liront la nôtre, et ne seront ni plus sages ni plus prudens; car, attendu que rien n'est l'effet du hasard, ou qu'il n'y a rien que l'on puisse appeler hasard; mais qu'il faut que chaque chose arrive dans la période de temps qui lui est asignée, un peu avant ou un peu après; l'époque d'une nouvelle révolution arrivera invinciblement; d'autres hommes, armés de brandons, paroîtront sur la scène, proclameront le renversement de tout ce qui existera alors, promettront tout aux peuples, ne leur tiendront rien, selon l'usage, et retraceront exactement le drame sanglant auquel nous venons d'assister depuis plus de vingt ans.

O souverains de la terre! quelle que soit la forme de votre gouvernement, au nom de l'humanité, au nom de votre propre intérêt, faites le bonheur de vos sujets; mais qu'ils sachent servir et obéir; et, sur toute chose, ne permettez jamais aux innovateurs de se faire entendre.

Diamétralement opposé à tout ce qui a été dit sur la *liberté*, je ne le suis pas moins à l'idée que l'on s'est formée de l'amour de la patrie.

De quelque côté que je porte aujourd'hui mes regards, je ne vois en Europe que des peuples asservis, quelle que soit la forme de leur gouvernement. Les républiques modernes elles-mêmes ont prodigieusement dégénéré de l'esprit qui animoit les anciennes républiques; leur esclavage est d'autant plus dur, qu'elles sont à la merci de leurs voisins, et prêtes à subir le joug de quiconque les envahira.

L'amour de la patrie ne peut exister que très-foiblement dans un grand Etat, par la raison que les citoyens ont très-peu de part au gouvernement des affaires, et sont peu en contact les uns avec les autres ; que les dangers qu'ils courent en cas d'invasion, sont éloignés et incertains ; que les neuf-dixièmes habitent dans les terres reculées, ce qui leur donne d'autant moins lieu de craindre la présence de l'ennemi.

Il n'en étoit pas ainsi parmi les petites républiques de la Grèce, ni chez les Romains, pendant la première et la deuxième époque de leur existence politique : les citoyens étoient indistinctement appelés à la discussion des affaires politiques ; tous étoient soldats, tous combattoient pour la défense de la patrie, avec une énergie et un dévoûment plus qu'héroïques ; et pourquoi cela ? parce qu'en combattant pour la patrie, ils combattoient réellement pour leurs femmes, leurs enfans, enfin pour leurs affections les plus chères, *pro aris et focis.* D'ailleurs les opinions religieuses de ces derniers concouroient merveilleusement à les fortifier dans de telles dispositions.

Qu'est-ce que tout cela ? si ce n'est l'amour de soi, l'égoïsme, en un mot, déguisé sous le faux nom de *l'amour de la patrie.*

Voyez les peuples de l'Alsace, de la Champagne, de la Bourgogne, etc. Le retour de

Louis XVIII a été célébré parmi eux avec enthousiasme, comme dans toute la France, parce que tous ont le cœur françois ; mais, il faut le dire, leur amour pour le meilleur des rois n'est que secondaire ; l'amour de soi passe avant tout. Telle est la nature humaine ! c'est pourquoi la crainte de revoir une seconde fois les troupes alliées pénétrer dans leurs maisons et user, quoique modérément, des droits de la guerre, les a aveuglés à tel point qu'ils se sont rangés du côté de la tyrannie.

Voici, au surplus, ce que j'entends par *Patrie* et *Honneur.*

Le mot *Patrie* offre une toute autre idée, et a une toute autre puissance dans une république que dans les autres gouvernemens ; ce mot, au nom duquel on a fait de si grandes choses, perd de sa magie à la cour des princes et des rois ; ou plutôt, il change de caractère, il s'ennoblit, se transforme et se reproduit sous le beau nom d'honneur.

Le mot *Patrie* me représente une fière amazone, armée de pied en cap, sous les étendards de laquelle marchent également l'homme sage et la multitude effrénée ; tous également ment empressés de la servir, tous se dévouant pour elle, donnent à la fois l'exemple des actions les plus belles, les plus incroyables; des crimes les plus inouis et des forfaits les plus épouvantables : ici, vous admirez l'héroïsme de la valeur, la pratique des vertus les plus sublimes; à côté, l'on voit en frémissant l'ingratitude, les soupçons, les alarmes séditieuses, le déchaînement de toutes les passions. Au nom de la Patrie, tout est permis, tout est possible. Le fanatisme qu'il inspire, et, qui mal dirigé, est la source des plus grands maux, aussi bien que la vertu qui exalte les têtes et qui produit les plus grands biens, obtiennent indistinctement avec la faveur populaire, des places, des couronnes, des statues.

Le mot *Honneur* me représente un jeune homme d'une beauté parfaite, et d'un éclàt majestueux, tel qu'on voit le divin Apollon du Belvédère; on le reconnoît à son noble courage, à son enthousiasme sublime, à l'amour de son prince qu'il porte jusqu'à l'idolâtrie, au généreux oubli de lui-même. Vivement excité par les distinctions brillantes, par les grands exemples, par l'auréole de l'immortalité qui le précède, et surtout par les regards du monarque, sa grande âme est sans cesse transportée; un feu céleste circule dans ses veines : ce n'est plus un mortel ; il participe de la divinité.

Ainsi le mot *Honneur* est à la monarchie, ce que le mot *Patrie* est à la république. Mais malheur à la monarchie quand l'honneur ne réside plus que dans un petit nombre ! C'est alors que l'on voit l'intrigue, l'ambition, la corruption publique et tous les vices se développer dans toute leur laideur, et montrer ouvertement leur tête hideuse. Déjà, je vois arriver la décadence universelle ; je vois les intérêts divers se heurter, les corps de l'état se partager, la famille du monarque elle-même s'ébranler, et l'Empire s'abîmer, s'anéantir dans ses fondemens : je vois l'honneur éperdu, méprisé, foulé aux pieds ; je vois le deuil, l'épouvante, le désespoir, la terreur à leur comble, et la sanglante anarchie planer sur des monceaux de morts et de mourans.

Il me reste à parler de notre esprit national ou plutôt de l'honneur national, qui demanderoit à être régénéré. Peut-être parviendrai-je à indiquer les véritables moyens de diriger l'opinion sur cet objet du plus grand intérêt ; la cause des émigrés que je me propose de défendre dans cet écrit, m'en fournira les moyens.

Que dirons-nous des préjugés, de la superstition, du fanatisme, de l'égoïsme, contre lesquels on déclame depuis tant de siècles, et de la philosophie qui a trouvé tant d'admirateurs et tant de sectateurs ?

Les préjugés, dit-on, dégradent les peuples et les rendent stupides. Eh! tant mieux qu'ils ne soient pas éclairés, ils en sentiront moins le poids de leurs misères ; car, s'il est de nécessité absolue qu'il y ait des ouvriers, des gens de peine, des gens dont la condition nous paroîtroit affreuse, si nous étions condamnés à la partager ; qu'ont-ils besoin d'être éclairés sur leur état, d'apprendre des vérités accablantes, désespérantes, à moins que l'on ne veuille les armer de nouveau contre quiconque possède quelque chose, à la bonne heure ? Que leur importe les sciences, les arts, la civilisation, la prétendue perfectibilité de l'espèce humaine, s'ils doivent vivre et mourir dans leur état ? Voyez toutes les classes inférieures de la société ; ce qu'elles étoient il y a des siècles, elles le sont maintenant : leurs mœurs sont restées les mêmes, malgré la propagande. D'ailleurs, à quoi la révolution a-t-

elle été bonne au peuple? Cependant, on a
fait coupe blanche dans la forêt des préjugés :
Eh bien! en est-elle moins épaisse aujourd'hui?
Le peuple de 89, celui de 93, et celui de 1815
n'est il pas toujours le même? De quels avantages l'a-t-on fait jouir; quelle sorte de bonheur lui a-t-on procuré, et quels en sont les
fruits ? Des châteaux dévastés, incendiés ;
moins de religion, et plus de disposition à
piller les riches. Du reste le peuple, quoi qu'il
arrive, est, et restera toujours peuple. Mais,
disons-le franchement, le bonheur du peuple
est le prétexte à la faveur duquel l'ambitieux,
le conspirateur, le philosophe et tous les ennemis de l'ordre, s'efforcent de bouleverser
et de mettre en combustion les Etats.

Au surplus, rien de plus difficile à détruire
qu'un préjugé ; une fois qu'un peuple s'est
emparé d'une opinion, il est rare qu'il s'en
dessaisisse; les siècles se succèdent, et la nation
s'éteint avec elle. Le préjugé tient presque
toujours à des erreurs, quelquefois à la constitution sociale; il prend aussi sa source dans
les passions des hommes, et les vices de la
société; il peut se faire qu'il cause des maux,
comme aussi il peut produire de grands avantages et enfanter quelquefois des prodiges. Il

dépend d'un habile législateur de les faire tourner à l'avantage de la nation qu'il gouverne, soit en les modifiant, soit en les relevant, en opposant un préjugé à un préjugé, un usage à un usage, en saisissant les lumières nouvelles, en mettant à profit les idées heureuses, en associant enfin les préjugés aux changemens survenus dans la nouvelle forme des empires, en les adaptant aux passions nationales, en les liant aux affections les plus intimes du cœur humain, en les identifiant avec la loi : alors ils seront ses plus puissans moyens, ses plus fermes appuis.

L'histoire de toutes les nations prouve que pour diriger, contenir et gouverner les hommes, il a fallu les environner d'erreurs, les séduire par le faux éclat du merveilleux, leur créer des dieux, leur inventer des cultes, y attacher de grandes idées, de grands sentimens, qui les portassent jusqu'à l'exaltation, jusqu'au fanatisme ; c'est avec de tels moyens que les législateurs, les conquérans ont fondé des empires, donné des lois au monde. Numa faisait parler une nymphe, Sertorius une chèvre, un autre un oiseau, et Mahomet annonçoit que son koran lui étoit descendu du ciel.

Sans doute il est facile de détruire, puisque la société et toutes ses institutions ne sont peut-être fondées que sur des erreurs et de vieux préjugés enracinés par l'habitude; mais si ces préjugés ne nous sont point nécessaires, s'ils sont même nuisibles, que ces audacieux réformateurs du genre humain daignent donc nous apprendre par quel art ils rendront les peuples plus heureux après leur avoir donné de prétendues lumières ; qu'ils bâtissent à leur tour, et s'ils ne le peuvent pas, qu'ils éteignent leur funeste flambeau qui ne sert qu'à mieux nous faire voir nos misères, et à détruire le prestige de nos illusions : et puisqu'enfin, les gens qui se mêlent d'écrire sur certaines matières, et que l'on appelle philosophes, sont si dangereux pour le repos des nations ; examinons et pesons les moyens qu'ils ont pour opérer le bien, et détruire ou empêcher le mal.

Je me propose ici de dévoiler la philosophie, mais c'est avec ses propres armes que je prétends la combattre. Je considérerai la philosophie sous ses deux rapports les plus opposés ; elle est ou *négative* et tend à détruire, ou *positive* et tend à créer. Comme négative, elle est juste et raisonnable en ce sens qu'elle est toujours conséquente ; mais elle est subversive de tout ordre social. Comme positive, elle seroit plus favorable à l'humanité, mais elle est éminemment absurde, en ce qu'elle ne peut pas faire un pas sans être en contradiction avec elle-même.

La philosophie, selon son étymologie, est l'amour de la sagesse. Mais qu'est-ce que la sagesse humaine? La sagesse est fondée sur la raison, elle est éclairée par les lumières naturelles; or, que dit la raison? Toutes les vérités fondamentales que l'on prêche, tout ce qui concerne l'existence d'un Dieu, la morale, la spiritualité, l'immortalité de l'âme, sont si peu prouvées par la philosophie, qu'il y a beaucoup de philosophes qui la nient : or, si ces vérités ne sont pas prouvées, s'il n'est pas démontré que l'âme soit spirituelle, et par conséquent immortelle, qu'il y ait un Dieu; il ne peut plus y avoir de morale, ni de religion ; alors tout l'édifice social qui est basé sur ces deux vérités, est battu en ruine et s'écroule de lui-même; et sous ce rapport, la philosophie est toute-puissante pour détruire : or, on va voir que puisque son essence est de détruire, il implique contradiction qu'elle puisse bâtir, car que voudroit-elle bâtir? l'édifice social? Mais la société ne peut pas exister sans lois, les lois sans morale , la morale sans sanction , la sanction sans l'immortalité de l'âme et un Dieu, un Dieu sans religion , la religion sans culte, un culte sans superstition, sans prêtres ; et les prêtres sans fanatisme. On ne peut concevoir la société sans cet enchaînement de principes et de conséquences ; il est évident que celui qui attaquera le fanatisme attaquera la société.

Il est bien vrai que chacune de ces propositions depuis la nécessité de la *société* jusqu'à celle du *fanatisme* , n'ont point de réalité par elles-mêmes ; qu'elles n'en ont qu'hypothétiquement, et que comme conséquences nécessaires d'un principe une fois admis : c'est pourquoi elles peuvent être attaquées tant qu'on les considérera isolément ; il sera facile au philosophe de les tourner en ridicule, de les faire mépriser, et enfin de les détruire. Mais supposons la philosophie parvenue au point d'avoir tout renversé et de nous avoir ramenés à l'état de nature, que fera-t-elle ensuite ? Il est clair que le premier principe qu'elle posera sera celui d'une société quelconque, et qu'elle se trouvera précipitée vers le fanatisme avec la même force qu'elle nous avoit ramenés du fanatisme à l'état de nature.

Effectivement, si elle veut que la base de

son nouvel édifice social, quelles qu'en puissent être les proportions, soit assise sur un fondement solide, il faut que toutes ses institutions portent avec elles un caractère durable ; et pour cela il faut qu'elles soient empreintes du sceau des préjugés, de la superstition et du fanatisme ; sans ces trois colonnes, l'édifice menaceroit bientôt ruine de toutes parts. Ainsi à peine auroit-elle fait un pas, qu'elle se trouveroit en opposition avec elle-même.

J'ai fait voir plus haut comment nous étions imbus de préjugés, et quel grand parti l'on pouvoit en tirer. Quant à la superstition, j'examinerai tout à l'heure qu'elle influence elle a exercée parmi les Romains, et jusqu'à quel point elle a contribué à leur grandeur. A l'égard du fanatisme, je dirai qu'il n'est autre chose que le comble de l'enthousiasme ; que sa puissance est telle, qu'il place celui qui en est pénétré au-dessus de toutes les choses humaines ; que par cela même il lui donne le pouvoir de les braver toutes. Je ne rechercherai point ici le mal qu'il peut faire ; mais il est certain qu'il fait les martyrs de religion, de liberté, les martyrs des lois, etc., et que c'est le sang des martyrs qui cimente la religion, la liberté, les lois, etc... Combien d'actes de dévoûment produits par le fanatisme n'ont-ils pas contribué puissamment à gagner des batailles, à sauver des états ! Le fanatisme a son bon et son mauvais côté : de ce que le serpent, la vipère, le poison, donnent la mort, et qu'on tremble à leur aspect, ne sait-on pas aussi qu'ils ont leur utilité, et qu'en détruisant en eux le principe qui tue, on trouve à côté le principe qui donne la vie ?

Par quels moyens les Romains sont-ils devenus les maîtres du monde ? Par la force de leur institution. Tout étoit préjugé, superstition et fanatisme parmi eux. Qui ne connoît pas leur respect pour leurs dieux lares, leurs dieux pénates ? Qui ne sait pas qu'ils consultoient religieusement les entrailles des victimes; que le vol ou le chant des oiseaux, la manière de boire ou de manger des poulets sacrés, suffisoient pour ébranler les esprits les plus forts, et même pour décider du sort des batailles ? Les auspices, les augures, les prophéties des sibylles, les révélations entretenoient leurs préjugés et leurs idées superstitieuses. Le fanatisme de l'amour de la patrie, le fanatisme de la liberté, celui des conquêtes, celui de la gloire, celui de l'ambition, celui de la religion, celui de la vertu, tous les fanatismes furent en vigueur et honorés à Rome. Dans les beaux tems de la république, tous les moyens étoient mis en usage pour disposer les citoyens à recevoir et à se pénétrer des plus fortes impressions.

Les oracles que les dieux rendoient, présentoient toujours plusieurs sens, et le gouvernement ne manquoit jamais de les interpréter de manière à inspirer au peuple, aux légions, une confiance sans bornes , et leur persuader qu'ils étoient appelés aux plus grandes choses.

Voilà des usages, des préjugés, des rits superstitieux, ridicules et absurdes, pour la plupart, aux yeux des philosophes. C'est cependant avec de tels moyens que les Grecs ont conservé si long-temps leur indépendance, et que les Romains ont conquis le sceptre du monde.

Mais les liens de la société commencèrent à se relâcher, et le pacte social à perdre insensiblement de sa force , dès qu'il se trouva des philosophes assez téméraires pour oser lever le voile sacré qui environnoit la constitution de l'Etat, à laquelle venoient se rattacher toutes les idées civiles, politiques et religieuses. Dès lors la morale tendit à se cor-

rompre, et les lois et la religion à perdre peu
à peu de leur gravité et du respect qu'on leur
portoit. On vit bientôt les idées épicuriennes
se glisser dans Rome, porter le dernier coup
aux mœurs, étouffer l'esprit public, détruire
la religion et anéantir la liberté.

Sparte elle-même, Sparte la sage, qui fut
si long-temps heureuse, tant qu'elle se laissa
gouverner par les lois terribles du grand Lycurgue, cessa elle-même d'être le modèle de
toutes les républiques, dès que sa législation
commença à s'affaiblir, ses mœurs à dégénérer,
et que les idées philosophiques la poussèrent
comme un torrent vers sa chute.

Si on examine à quelle époque les empires
se sont dissous, on verra que ce fut à l'époque
où la société étoit le plus éclairée, et par
conséquent le plus corrompue ; à l'époque où
la philosophie avoit porté aux préjugés les
plus rudes atteintes, et où elle avoit substitué
la tiédeur et l'indifférence pour la prospérité
de la chose publique, à l'enthousiasme et au
fanatisme qu'elle inspiroit autrefois.

Pour rentrer dans la question principale, je
demanderai où trouver un peuple qui ait brillé
sur la terre, s'il n'a pas eu une constitution
vigoureusement organisée ; et si les préjugés,

la superstition et le fanatisme n'ont pas été les premiers instrumens de sa prospérité ? Que l'on me cite au contraire un peuple dont l'existence politique se soit fait remarquer, dépouillé de préjugés, etc., en supposant qu'il puisse en exister un ! Donc les préjugés, la superstition et le fanatisme sont nécessaires aux peuples réunis en société; donc la philosophie est toute-puissante pour faire le mal, puisqu'en cela elle est toujours conséquente avec elle-même, et qu'elle est impuissante pour faire le bien, puisqu'elle ne peut l'opérer qu'en se mettant précisément en contradiction avec son propre ouvrage.

La philosophie ressemble dans sa marche et dans ses progrès à cette maladie que l'on trouve dans les bras de la volupté. C'est au sein des plaisirs, c'est en les savourant que le poison se distille dans vos veines : d'abord il s'insinue lentement, ses atteintes sont insensibles ; si on les dédaigne, si on les néglige, elles vont toujours en croissant ; bientôt le mal prend un caractère grave, et si on ne déploie les plus puissans moyens de destruction, je tremble pour le malade, sa fin est inévitable.

De même la tourbe des ignorans, des oi-

sifs , des gens superficiels , des esprits faux ,
des demi-savans, s'empare sans réflexion , sans
jugement, des théories séduisantes , des systêmes artificieux de la philosophie ; elle se les
approprie à sa guise , elle les répand , les prône,
les colporte, pour ainsi dire , et s'en établit
le panégyriste, le champion. Si les chefs des
empires ne se hâtent pas de réprimer un tel
scandale , d'étouffer le monstre dès sa naissance ; bientôt, quand ils le voudront, il ne
sera plus tems ; la foule des prosélytes sera
innombrable ; des partis puissans se seront for-
més ; les corps de l'état se seront rangés de
part et d'autre ; le fanatisme aura aiguisé ses
poignards : dès-lors toute résistance est vaine ;
le péril est imminent ; l'heure fatale a sonné,
et tous les maux s'apprêtent à dévorer la terre.

Puisque les livres enfantés par la philosophie sont entre les mains de tout le monde,
et qu'ils ont toujours été en possession d'é-
chauffer les esprits, et de bouleverser les états,
il ne faut pas craindre de retracer les principes infâmes qu'ils contiennent ; il faut re-
dire énergiquement les blasphêmes qui sont
sortis des ateliers des d'Olback et de tant
d'autres.

Qu'enseigne la philosophie au genre humain ? Elle lui enseigne que tout ce qui existe dans la société est son ouvrage ; qu'il peut à son gré ou le conserver ou le dé-truire, ou lui faire subir telle altération , telles modifications qu'il jugera convenables.

Elle lui révèle qu'il a le droit de con-noître de tout, de juger de tout ; que le trône et l'encensoir ne peuvent être sacrés pour lui ; qu'il a la puissance inaliénable de renverser aujourd'hui ce qu'il a élevé hier.

Elle lui révèle que ses lois , ses institu-tions , ses usages, sa religion, ne sont fondés que sur des abus, des erreurs , des préju-gés ; que ses obligations, ses devoirs, ses sa-crifices , ne sont autre chose que vexation , violence, servitude ; que d'un côté sont la pau-vreté , la misère, les larmes, le désespoir, les cachots, les chaînes, les échafauds ; de l'autre la sottise , le luxe , les plaisirs , la mollesse , le bonheur , la tyrannie , le des-potisme.

Elle lui révèle encore qu'honneur ou op-probre , probité ou infamie , magnanimité ou poltronnerie, sont des chimères ; que les ri-chesses sont une usurpation , la pauvreté une foiblesse, la puissance une monstruosité, la dépendance une lâcheté.

La philosophie, en prêchant ainsi le genre humain, en voulant l'éclairer, proclame donc, selon elle, des vérités éternelles? Quoi! l'auguste vérité pourroit-elle être cruelle, atroce; et fondée sur un système destructeur, épouvantable? Système qui dans sa rigoureuse acception ne reconnoît ni bien ni mal, ni vice ni vertu; qui érige l'athéisme en principe, et veut que la pensée vienne du corps, et le sentiment des organes; qui justifie le sacrilége, le poison, l'assassinat, le parricide, le régicide; qui vous dit froidement que la charité n'est pas une vertu, qu'une vertu n'est pas un bien, qu'un crime n'est pas un mal; que la nature, voit d'un œil égal, les Néron et les Titus, les Caligula et les Trajan; que, soit que l'on donne ou que l'on arrache la vie, on fait également bien, puisque l'on ne fait que remplir ses vues; que, s'il y avoit un dieu, il faudroit le reconnoître dans la nature elle-même; que, c'est à elle que l'on doit rapporter tous les évènemens; qu'elle est la dispensatrice de tous les biens; qu'ils appartiennent indistinctement à tous; qu'il faut à l'instant étouffer le monstre qui osera dire, *ceci est à moi.*

Rien sous le ciel n'a été respecté par la philosophie ; la religion a été particulièrement l'objet de ses plus sanglantes satires ; elle a attaqué avec acharnement et fureur les choses les plus sacrées ; et pour démontrer jusqu'où peut aller son délire, il sera curieux pour l'observateur de connoître le système des philosophes anciens et modernes, et leurs définitions sur l'égoïsme, que secrètement ils ont plus ou moins mis en pratique. Ils entendent par égoïsme, ce sentiment par lequel nous nous préférons à tous.

La nature, dit la philosophie, en nous donnant le besoin impérieux, irrésistible, de notre conservation, nous a donné le droit d'écarter de nous tout ce qui peut nous nuire et de profiter de tout ce qui peut nous être utile. Elle a fait de chaque individu le centre de l'univers ; elle lui a commandé de rapporter tout à lui, et lui a donné la raison pour qu'il puisse choisir ce qui lui convient et rejeter ce qui ne lui convient pas. Elle lui a imprimé un intérêt infiniment plus fort pour tout ce qui pouvoit lui être plus cher ; et si elle a placé ensuite immédiatement autour de lui, et par échelons, ses parens, ses amis, ses compatriotes, et tous les êtres qui avoient avec sa nature et son organisation plus ou moins de rapports ; c'est que tous ces êtres partageoient plus ou moins son essence , et lui avoient été ou pouvoient lui être en proportion, d'une plus grande ou d'une moindre utilité. En un mot, elle a dit à l'homme : *Vis et conserve-toi, à quelque prix que ce soit, et préfère-toi à tout. Tu aimeras tes parens , tes amis, tes compatriotes , tous les êtres dont tu es le centre , à quelque distance qu'ils soient de toi , parce qu'ils sont plus ou moins toi ; parce qu'ils se rapprochent plus ou moins de toi; tu feras ton bien en leur faisant le moins de mal possible ; parce qu'il ne faut rien d'inutile , et quand ils seront un obstacle à ton bonheur, tu les écarteras. L'égoïsme est donc conforme à la nature.*

Mais, ajoute la philosophie, si l'égoïsme est conforme au vœu de la nature, qui pourra accuser les hommes d'ingratitude ? Et si l'ingratitude n'a pas de réalité, la reconnoissance ne sera bientôt plus aussi qu'une chimère. Ainsi, lorsque l'on doit à un protecteur son état, sa fortune et la considération dont on jouit; s'il arrive qu'ayant perdu la faveur du prince , il vienne à être proscrit, ce ne sera plus par reconnoissance que l'on délaissera sa famille en larmes , que l'on renoncera à tout pour le suivre, et qu'on consacrera sa vie ; ce ne sera plus lui que l'on obligera, ce sera soi, soi seul. Effectivement, si on lui immole toutes ses affections, c'est qu'il est lui-même l'objet de notre première affection ; si l'on abandonne sa patrie, si l'on s'arrache à tout, c'est parce qu'il est plus cher que tout ce qu'on laisse ; enfin si on meurt pour lui, c'est que l'on tient moins aux douceurs attachées à sa propre existence qu'à la gloire de conserver la sienne.

Selon la philosophie, adorer sa maîtresse, mourir pour sa maîtresse, est une erreur ; ce n'est point sa maîtresse, c'est soi-même que l'on adore dans l'objet de son culte ; on ne meurt pour personne, mais on s'expose à mille morts pour défendre et conserver ce qui est plus cher que mille vies ; on ne pleure la mort de personne, mais on pleure la perte du bonheur que la mort a ravi.

Et toujours en suivant son système, de conséquences en conséquences, elle veut que le sens moral attaché aux mots *ingratitude* et *reconnoissance* n'existe pas, mais qu'il ait été inventé pour nous attribuer mal à propos, des sentimens que la nature n'a pas dû nous donner. L'amour de soi-même, d'après elle, est le seul, l'unique moteur des actions de l'homme ; quoi qu'il fasse, bien ou mal, son but est sa conservation ; seulement les moyens qu'il emploie pour l'assurer, ne sont pas toujours les meilleurs ni les plus efficaces. A ce compte, elle ne sera pas embarrassée de prouver que le plus beau trait de la plus belle vie, ou que le crime le plus atroce du plus atroce scélérat, ont été l'un et l'autre dictés par l'égoïsme. Elle prouvera plus facilement encore, qu'alors que la renommée nous offre à l'admiration de l'univers, pour je ne sais quelle action merveilleuse que notre enthousiasme nous aura fait faire pour le service de la patrie ou du prince, ce n'est ni la patrie ni le prince que nous aurons servi réellement, c'est nous seuls, c'est l'espoir des récompenses, des honneurs, c'est notre amour propre, notre ambition, nos passions, eh ! que sais-je, qui nous auront séduits ?

En effet que dit la nature à tout ce qu'elle anime, s'écrie la philosophie ? *Vis et conserve-toi*, et rien de plus : cette loi est la seule impérissable, la seule qu'il soit impossible de méconnoître ; il faut invinciblement lui obéir, c'est la condition absolue sans laquelle la matière ne pourroit passer du néant à la vie : elle va plus loin, elle veut que ce soit le principe, l'âme de la vie, la vie elle-même.

Voilà donc les horreurs qu'il faut retracer, qu'il faut grouper en faisceaux, afin de mieux exposer les dogmes affreux de la monstrueuse philosophie.

Sans perdre le tems à réfuter longuement le systême de la philosophie sur l'égoïsme, je dirai en peu de mots, que si l'intérêt personnel produit les vices d'Apicius et les crimes de Sylla; il faudra bien appeler vertu, l'intérêt personnel qui fait des Régulus et des Catons.

Je dirai que l'intérêt personnel, l'amour de soi bien entendu, l'égoïsme, si l'on veut, n'est pas seulement particulier à l'individu, mais que l'univers moral, comme l'univers physique, est composé d'une aggrégation d'une infinité de parties. Chacune de ces parties, au moral comme au physique, ne peut exister qu'autant que leurs molécules ou élémens tendront de la circonférence au centre : de même que l'univers n'existeroit pas, si toutes les premières parties ne tendoient pas au grand centre commun. Ainsi chaque individu se préfère à sa famille, chaque famille à ses voisins, chaque voisin à sa bourgade, chaque bourgade à sa province, chaque province à son royaume, etc... Et loin de blâmer cet esprit de famille, de corps, de province, de nation, etc...., ou cet égoïsme, on doit l'estimer et l'encourager comme une vertu ; car c'est ce qui consolide et établit les choses, et elles ne se maintiennent qu'autant que toutes les parties élémentaires tendent vers un centre, qui, à son tour, tend vers un autre centre, qui a plus d'attraction, et qui se rattache également à d'autres systèmes ou d'autres tourbillons, que le grand centre commun attire à plus ou moins de distance.

Non seulement l'égoïsme, envisagé sous ce point de vue, est bon et utile ; mais il seroit extrêmement malheureux qu'il n'y en eût pas. S'il n'y avoit pas d'égoïsme, et s'il étoit possible que l'immensité des êtres qui provignent sur la terre et ailleurs, existassent sans lui, si rien ne pouvoit empêcher que tous les hommes se sacrifiassent mutuellement leur vie, bientôt le genre humain périroit ; si tous les hommes étoient généreux, tous seroient pauvres ; si l'on pouvoit préférer un étranger à sa mère ou à son fils, il n'y auroit plus que des parricides, des fratricides, etc.; si l'on aimoit autant les étrangers que ses compatriotes , ou , si, comme tel fou , on vouloit être citoyen de l'univers , il n'y auroit plus de patrie.

Je dirai de l'univers physique et moral, ce que je dis du corps humain. C'est un composé de différens membres , tels que pieds , mains , tête , cheveux , etc. Avant que ces membres constituent le corps , il faut qu'ils soient eux - mêmes composés de différentes parties ; si ces parties , au lieu de se rattacher à leur centre particulier, se dispersent, il n'y a plus de membres ; et parconséquent plus de corps. Donc l'égoïsme , comme je le conçois, est une vertu commandée par la nature ; donc la qualité opposée seroit un vice.

On a vu quels sont les dogmes fondamentaux de la secte philosophique : ils conduisent droit au renversement de la société ; on devine quel doit être un jour l'effet d'une telle morale. Elle est si séduisante pour les uns ; elle leur promet tant de biens , et les dispense de tant d'obligations ; elle rend à l'homme malheureux sa condition si insupportable , ses chaînes si pesantes ! Bientôt dans sa fureur insensée , il voudra les briser, ces chaînes.... Hélas ! il ne sait pas à quel prix ! il ne sait pas que son sang va couler à grands flots, qu'il va devenir l'instrument et la victime de tous les crimes. Mais l'effroyable philosophie a parlé. *Puissance reconnue*, les nations, à sa voix, se lèvent, se précipitent, se heurtent, s'entraînent, se renversent; les cités périssent, les sceptres se brisent; les générations s'évanouissent; l'univers est en feu; la terre est un champ de carnage, le monde un cimetière, et la mort recule épouvantée.

Jusque - là, il faut l'avouer, la philosophie est conséquente à elle-même : tout ce qu'elle fait d'après son système négatif, est bien ; les maux qu'elle cause sont justes, nécessaires ; juge impitoyable, exterminateur, mais équitable, c'est en accablant l'espèce humaine de tous les fléaux, qu'elle la purge, qu'elle la venge de tous les attentats qu'elle a eu la lâcheté de laisser commettre impunément.

Maintenant, reine superbe, assise sur un trône formé des débris des trônes de l'univers, étendant son empire anarchique de l'un à l'autre pôle, n'ayant plus de vengeances à exercer, d'attentats à faire expier, laissant reposer son niveau destructeur, elle va enfin donner la paix au monde, et faire jouir les nations, qu'elle a ramenées à l'état de nature, de tous les biens qu'elle leur a tant de fois

promis. Interprète fidèle de la nature , sa puissance est infinie ; si elle a pu détruire tous les
maux, elle peut également créer tous les biens ;
elle l'a promis, c'est assez.

Cependant les peuples sont dans l'attente.
Pressés , assaillis par tous les besoins, ils élè-
vent vers elle leurs mains suppliantes : l'un
lui demande des vêtemens , et il n'y a plus
de manufactures ; l'autre un asyle , et il n'y a
plus d'habitation ; le malade implore des se-
cours , il n'y a plus d'hospices ; le foible ré-
clame protection contre le fort , il n'y a plus
de police ; un autre enfin invoque justice contre le ravisseur, il n'y a plus de lois.

O sainte philosophie , n'abandonne pas
tes enfans ! En toi seule reposent toutes leurs
espérances ; répands sur eux tes bienfaits ;
tu sais s'ils en sont dignes ! Armés de tes
poignards , ils ont obéi; tu sais si le sang a coulé,
et quel sang ! celui de nos frères , de nos pè-
res , de nos femmes, de nos fils ; rien n'a été
sacré pour nous ; *animés de la voix, du geste,
et du regard* , ils se sont laissé guider par toi ;
tout a péri, tout , et tu règnes !... Pourrois-tu
les abandonner ?

A cette prière succède un silence effrayant ;
cette reine si puissante , pour cette fois hésite,

chancelle, ne sait que résoudre. Donnera-t-elle des lois ? Inventera-t-elle une religion ? Créé-ra-t-elle un gouvernement ? Impossible ! Ce seroit retomber dans les contradictions, les abus, les préjugés, le fanatisme, dans tous les maux enfin qu'elle vient d'anéantir, en faisant périr la moitié du genre humain. Mais que fera-t-elle ! n'ayant plus à ses ordres ce fa-tras de vains mots, de vaines déclamations, de promesses fallacieuses, de fausses maxi-mes, à l'aide desquelles on peut séduire, éga-rer les peuples, armer les citoyens contre les citoyens, égorger la patrie ; ne pouvant plus avec ces deux mots, *réforme et lumières*, embraser le monde, renverser les empires, exterminer les générations ; mais au contraire, forcée de présenter des œuvres qui attestent le vrai génie de l'ouvrier, elle ne peut rien tenter pour prouver sa sagesse, sans démon-trer aussitôt sa folie. C'est alors que l'on re-connoît le néant de ses pensées plus ingénieu-ses que solides, de ces théories brillantes, mais fausses et impraticables ; de ces sophis-mes, de ces paradoxes enfantés par le dé-lire ou la mauvaise foi, qui promettoient au malheureux, richesses, plaisirs et bonheur. Hélas ! au lieu de tout cela, que lui reviendrat-il? Des regrets, des larmes, des gémisse-mens, des remords, et un avenir plus mal-heureux encore.

Grands dieux! et voilà la philosophie?.... Semblable à l'infâme Arimane, ou plutôt Arimane elle-même, elle est toute-puissante pour faire le mal, et le bien lui est impossible.

Si à la force du raisonnement qui produit la conviction, il falloit joindre la puissance des faits qui persuade, j'ouvrirois l'histoire des nations, et bientôt, en remontant de la première cause au dernier effet, je prouverois par une foule d'exemples que les rêves de la philosophie sont le fléau le plus terrible qui puisse accabler le genre humain.

S'il étoit possible d'évoquer l'ombre de tous les hommes vertueux qui ont figuré sur la scène du monde, et de leur demander quel fut le plus redoutable ennemi de leur patrie, celui qui leur porta un coup plus fatal, plus mortel cent fois que les guerres civiles, les conspirations et tous les despotes réunis, celui enfin qui la précipita et la perdit sans retour, ils vous répondroient, n'en doutez pas, *c'est la philosophie.*

Il est de fait que les opinions philosophiques n'ont jamais contribué à la formation du pacte social d'aucun peuple, tandis qu'au contraire elles ont constamment fomenté et déterminé sa dissolution.

Socrate vous diroit qu'à l'époque où il vivoit, déjà il n'avoit plus de patrie; qu'il mourut en combattant les sophistes et en gémissant sur la chute inévitable et prochaine du Péloponèse.

Le grand Caton vous diroit que c'est sous la bannière de la philosophie et derrière son égide que, malgré les vœux de Fabricius, la secte épicurienne s'introduisit dans Rome, porta les derniers coups aux mœurs, à la religion et à la liberté, et que n'ayant pu empêcher la patrie de périr, il a voulu périr avec elle.

Rousseau, le philosophe Rousseau lui-même vous répéteroit ce qu'il écrivoit autrefois; mais alors sa philosophie étoit toute positive : il vous rediroit, mais en des termes bien autrement énergiques, que de toutes les lois la plus importante, celle qui faisoit reposer la constitution de l'Etat sur une base inébranlable, cette loi si puissante, c'étoient les mœurs, les coutumes et l'opinion ; qu'une fois l'opinion établie, les coutumes, les pré-

jugés consolidés, il étoit extrêmement dangereux, même avec d'excellentes intentions, de
songer à les réformer, parce que les amélio-
rations qui pourroient peut-être en résulter ne
s'obtiendroient qu'aux dépens des mœurs
qu'on ne peut trop respecter ; que les mœurs
étant la clef de la voûte de l'édifice social, les
peuples doivent se mettre en garde contre tout
ce qui peut l'ébranler ; qu'ils doivent surtout
se défier des appâts que leur tendent sans
cesse les philosophes, dont l'effet seroit infail-
liblement de les corrompre en leur apprenant
à mépriser leurs institutions, soit profanes,
soit religieuses ; ce qu'ils ne peuvent faire
sans se mettre en révolte contre le pacte social.

Concluons donc que si la philosophie a tant
de moyens et tant d'avantages pour attaquer
l'œuvre social, parce que, comme nous l'a-
vons dit, il ne repose en très-grande partie
que sur des erreurs, de vieux préjugés enracinés par le temps, il faut convenir aussi que,
son immense puissance finissant là où il n'y a
plus de ruines à entasser, de décombres à
amonceler, elle tombe tout-à-coup dans l'in-
capacité la plus complette ; que sa nullité et sa
misère sont extrêmes, dès qu'il faut qu'elle

songe à édifier à son tour ; d'où il s'ensuit que la philosophie ne peut être utile ni bonne à rien, mais dangereuse par-dessus tout ; qu'il faut à jamais la proscrire de la société, la reléguer dans les cabinets des savans, où elle puisse se faire entendre sans crime.

Alors seulement j'apprendrai d'elle avec sécurité l'art de remonter aux causes premières et d'en discuter les effets, d'apprécier les hommes comme les choses, de ne pas se laisser éblouir par un faux éclat, de réduire tout à sa juste valeur.

Alors je rirai volontiers avec elle sur une foule de pratiques, d'usages et de lois mêmes aussi ridicules qu'absurdes ; mais je m'y conformerai, si la loi de mon pays me l'ordonne. Les dogmes incertains d'un prêtre d'Anubis ou d'un bonze de Foé, me feront sourire de pitié ; mais je les respecterai, si je suis parmi les nations qui y croyent. J'admirerai par quelle cause les mêmes peuples, après avoir brisé leurs chaînes, s'en sont donné de nouvelles plus pesantes et plus dures ; mais je me garderai bien de leur communiquer mes réflexions, de *faire rougir l'esclave en lui montrant sa chaîne :* autant vaudroit armer des bacchantes de torches enflammées.

J'ajouterai pour finir, que quand nous devrions réellement à la philosophie quelques bienfaits, quelques institutions libérales, ces foibles avantages ont été achetés par tant de sacrifices, ils ont fait verser tant de larmes et de sang, qu'il auroit fallu, pour la paix des nations, les rejeter avec horreur, comme un présent funeste plus affreux que la boîte de Pandore, et qu'on ne pouvoit accepter sans s'exposer à toutes les calamités.

Pour que la philosophie pût dicter ses lois avec succès, il faudrait que le grand ordonnateur des mondes lui créât un peuple tout exprès; mais alors ce peuple seroit un peuple de sages ou de brutes, et, dans ce cas, la philosophie seroit encore inutile, puisqu'il ne lui resteroît rien à faire.

Si j'étois moins pressé par les événemens qui se précipitent autour de moi plus vite encore que ma plume ne peut aller, je me serois occupé de récapituler ici les diverses questions que je viens de traiter, afin de les mettre davantage en évidence, et de faire sentir aux souverains combien il leur importe d'étudier et de connoître la véritable nature de l'homme, pour le mieux gouverner; de savoir, avant tout :

1° Qu'il n'est pas né pour la liberté ;

2° Qu'il rapporte tout à lui, tout absolument.

Ces deux préceptes fondamentaux devroient être plus particulièrement la doctrine des rois et des sages ; des rois pour bien régner, et des sages pour vivre heureux.

Depuis long-temps le principal objet de mes méditations a été d'examiner quelle seroit la meilleure forme de gouvernement possible ; je vais essayer de jeter quelques idées qui sont à peu près l'analyse d'un ouvrage dont je m'occupe sous le titre d'*Unité politique.*

Mon but est de prouver que tous les hommes tendent irrésistiblement de l'état où chaque individu ne reconnoît d'autre loi que sa volonté particulière (état de nature), vers le gouvernement où la loi n'est plus que l'expression de la volonté d'un seul (monarchie). Comme la loi est ou civile ou religieuse, je considère mon sujet sous ces deux rapports.

PREMIÈRE PARTIE.

Loi civile.

CHAPITRE PREMIER.

Tous les hommes sont forcés de se réunir en société.

§. Ier. Examen rapide de tous les systèmes imaginés sur l'état de nature, depuis celui de J.-J. Rousseau, qui prétend que c'est l'état où se trouve placé l'homme sortant des mains de la nature, jusqu'à celui qui veut que ce soit l'état dans lequel tombe l'homme dégradé à force de civilisation.

§. II. Qu'est-ce que l'état de nature ? qu'est-ce que l'état de société ? peut-on établir une ligne de démarcation entre ces deux états ?

§. III. L'état de nature est un état de guerre perpétuelle causé par le choc constant de toutes les volontés particulières ; et par conséquent il n'y a que la réunion de toutes ces volontés qui puisse le faire cesser. Donc, 1° l'homme est forcé de se réunir en société ;

2° la paix ou la tranquillité est le but de la société : toutes les autres considérations sont secondaires ou se rattachent à celles-ci.

CHAPITRE II.

Chaque Société tend vers le Gouvernement d'un seul.

§. 1ᵉʳ. *Réfutation de toutes les idées anciennes et modernes, sur la meilleure forme de Gouvernement.*

1° Tous les gouvernemens, depuis le gouvernement de tous, jusqu'au gouvernement d'un seul, peuvent être exprimés par une quantité numérique, et ne diffèrent les uns des autres que par l'unité. Donc, 1° il n'y a point de gouvernement que l'on doive appeler exclusivement républicain, despotique, monarchique, aristocratique, ochlocratique, mixte, etc. Donc, 2° demander si telle forme de gouvernement vaut mieux que telle autre, c'est demander s'il vaut mieux être gouverné par 1 que par 2, par 2 que par 3, par 3 que par 4, etc.

2° Dans le système des législateurs anciens

et modernes qui tous ont voulu concilier la liberté individuelle avec la tranquillité générale, il ne peut pas y avoir de gouvernement meilleur l'un que l'autre ; car la liberté et l'anarchie étant essentielles au gouvernement de tous, et l'esclavage et la tranquillité appartenant au gouvernement d'un seul, on ne peut s'éloigner ou se rapprocher de ces deux extrêmes, sans perdre d'un côté ce que l'on a gagné de l'autre, et sans retomber dans un inconvénient opposé et proportionné à celui qu'on a voulu éviter. — Idée d'un cercle mathématique, dont un côté représente le gouvernement de tous, et l'autre le gouvernement d'un seul, et indiquant avec précision, au moyen d'un diamètre mobile, les degrés de tranquillité ou d'esclavage, de liberté ou d'anarchie, qu'offrent toutes les constitutions politiques que l'on connoisse, ou que l'on puisse concevoir, ainsi que les degrés de leur durée.

3º C'est à tort que tous les législateurs ont voulu faire entrer la liberté dans leurs calculs. La liberté n'est point un état absolu, indépendant, que les combinaisons humaines puissent donner ou ravir, augmenter ou diminuer. C'est une manière d'être toujours relative et proportionnée au nombre des individus composant la

société, et variant nécessairement avec le nombre. 100,000 ou 10,000 hommes ne peuvent
être ni plus ni moins libres dans l'état de nature
que dans l'état de société, parce que, dans ces
deux hypothèses, chaque individu peut être
contrarié par un égal nombre de volontés op-
posées à la sienne, les conventions sociales ne
faisant à cet égard que régulariser l'exercice de
sa liberté ; mais 10,000 hommes sont nécessairement dix fois plus libres que 100,000, parce
que le nombre de ceux qui partagent les mêmes droits est dix fois moins grand.

§. 2. Si des deux forces, dont l'une, la liberté, tendait sans cesse à rapprocher les hommes
du gouvernement de tous ; et dont l'autre, la
tranquillité, tendait également à les rapprocher du gouvernement d'un seul, la première
n'existe plus, la seconde conservant seule son
action, doit avoir toute son efficacité. C'est
aussi ce que nous confirme l'histoire, en nous
représentant tous les peuples passant success-
sivement de l'état en apparence le plus libre
et réellement le moins tranquille, à l'état au
contraire le moins libre et le plus tranquille.

§. 3. Si la liberté, sous le gouvernement de
tous, n'est qu'imaginaire, l'esclavage, sous le
gouvernement d'un seul, n'aura pas plus de réa-

lité : donc, le despotisme et le gouvernement d'un seul seront deux choses différentes. Le despotisme n'est point un gouvernement ; c'est une qualité qui s'applique également à tous. Le despotisme n'est point dans le nombre des gouvernans ; mais il est dans leurs actes, et la partie du peuple qui obéit, est aussi bien souffrante et peut avoir dans tous les temps, autant de raisons de gémir sous 100,000 tyrans, que sous un seul.

CHAPITRE III.

Toutes les sociétés tendent à se fondre en un petit nombre, et peut-être en une seule.

§. 1er. Toutes les sociétés, depuis les hordes errantes jusqu'aux empires, sont entre elles dans l'état de nature, et par conséquent en état de guerre perpétuelle. Donc, la même raison qui a forcé les individus à quitter l'état de nature pour se réunir en société, doit forcer aussi les peuples à se réunir en un seul. L'histoire du genre humain, nous montre partout et en tout temps, les grandes sociétés envahissant les petites, celles-ci se confédérant contre les grandes, toutes se heurtant sans cesse jusqu'à ce que leur nombre se réduisant toujours, il ne reste plus que quelques royaumes ou empires destinés à lutter à forces à-peu-près égales, et surtout à maintenir l'équilibre entre eux, sans quoi ils deviendraient eux-mêmes un jour, la proie d'un ambitieux qui saurait les absorber successivement et les uns par les autres.

Cet état de choses est le terme de la grande révolution du système social et le dernier anneau de la chaîne des gouvernemens. Lorsque l'époque où il doit finir à son tour sera arrivée, tout le corps social se dissout pour se recomposer, et recommencer une nouvelle révolution.

§. 2. Avantages considérables, précieux, d'une grande monarchie sur toutes les autres formes de gouvernement.

§. 3. Plan d'une constitution pour une vaste monarchie basée sur cette théorie des gouvernemens, sur l'expérience des siècles, et la connoissance des causes qui ont entraîné jusqu'ici la chute des grands empires.

DEUXIÈME PARTIE.

LOIS RELIGIEUSES.

Proposition générale ; les lois civiles et les lois religieuses doivent émaner de la même volonté.

CHAPITRE Ier

La Religion est nécessaire.

§. Ier. Point de société sans lois, point de lois sans morale, point de morale sans sanction, point de sanction sans Dieu, point de Dieu sans culte, point de culte sans cérémonies, sans ministres, etc., etc.... Donc, point de société sans religion.

§. 2. La religion n'est qu'un supplément aux lois civiles.

§. 3. L'usage et l'opinion de tous les temps et de tous les lieux, la nature de l'homme, la faiblesse de ses organes, et ses besoins, veulent une religion et la consacrent.

CHAPITRE II.

La Religion doit être une, et ne doit reconnoître qu'un seul chef.

§. 1ᵉʳ. La tranquillité étant le but de la société, et ne se rencontrant que dans l'unité, tout, dans l'état religieux, comme dans l'état civil, doit tendre vers cette unité.

§. 2. Les différentes sectes ou communions religieuses étant de véritables sociétés partielles dans la grande société, sont entre elles comme dans l'état de nature, et peuvent devenir en état de guerre toutes les fois qu'il s'élève un germe de discorde, ou que le souverain n'a pas la fermeté nécessaire pour les contenir.

Donc, 1°, s'il existe au sein de la société des sectes différentes, reconnaissant différens chefs, le souverain doit s'efforcer de les réunir et de les rattacher à un centre commun.

2° S'il s'en forme de nouvelles, il doit s'empresser de les détruire dès leur naissance.

§. 3. Les lois religieuses étant, comme les lois civiles, la base de la société, l'esprit antireligieux peut-être regardé comme anti-social. Le souverain doit le réprimer encore plus sévèrement que les innovations religieuses ; car, celles-ci détachent une partie du centre ; mais l'esprit anti - religieux dissout et décompose tout le corps.

CHAPITRE III.

Le chef religieux doit être le chef de l'Etat (1).

§. 1er. Le gouvernement religieux et le gouvernement civil étant essentiellement distincts, ne peuvent reconnoître chacun un chef différent, sans qu'il y ait alors deux sociétés dans la société, et par conséquent sans que l'unité soit rompue et la tranquillité compromise, surtout si le chef religieux est pris hors de la société. Démonstration de cette vérité par les faits. Donc, il ne doit y avoir qu'un chef tout-à-la-fois civil et religieux.

De plus, la religion étant un supplément aux lois civiles, et devant concourir avec elles au maintien de la société, il n'y a que le chef politique qui puisse les faire coïncider, et qui ait réellement intérêt à les faire converger ensuite vers le même but.

____

(1) Ce chapitre ne peut s'appliquer à la Cour de Rome. D'ailleurs, n'avons-nous pas nos libertés gallicanes qui répondent à toutes les objections ?

§. 2. Moyens de réunir dans la même main le pouvoir civil et le pouvoir religieux.

———

Je me hâte d'arriver à la dernière partie du travail que je me suis imposé. Tout le monde a parlé de l'émigration et de l'influence qu'elle avait exercée en France sur tous les esprits, et des malheureux résultats qui en avaient été la suite.

Les émigrés ont été en but à toutes sortes de reproches et d'accusations ; les uns misérables, et sans fondement ; les autres atroces.

J'ai entendu dire par de très-honnêtes gens, et même par de francs et loyaux royalistes (toutefois après l'événement), que le émigrés avaient eu tort d'aller combattre pour leur roi dans des pays étrangers, que leur poste étoit marqué près du monarque, qu'ils devoient se rallier autour de sa personne, lui faire de leur corps un rempart inexpugnable, combattre et vaincre, ou mourir avec lui. Voilà qui est misérable! On n'eût pas raisonné ainsi, si on s'étoit donné la peine de réfléchir sur les causes qui avoient déterminé l'émigration. Voici qui est atroce. On a prétendu et on a écrit que les émigrés avoient abandonné lâchement leur roi ; qu'ils étoient des régicides, quelle horreur !

qu'ils avoient fui au moment du danger... Ils avoient fui! et c'étoient des François! Eh! que peuvent de vaines clameurs contre la puissance des faits attestés par toutes les nations ? Les véritables coupables ne sont-ils pas bien connus ? A Gênes, des pierres diffamatoires attesteroient leur crime et les voueroient à l'exécration publique; mais le burin de l'histoire y suppléera, et leurs portraits stigmatisés passeront à la postérité la plus reculée.

Les émigrés se sont bien battus, et rien n'est plus simple, puisque c'étoient des François. Si leur réputation de bravoure n'est pas aussi bien établie que celle des troupes nationales, c'est qu'en France, vous aviez intérêt de corrompre l'opinion publique à cet égard, et de ne pas laisser percer la vérité; c'est aussi parce qu'ils n'avoient pas les mêmes moyens : en Allemagne, on en pense tout autrement; et on reconnoît que, s'ils n'ont pas réussi, c'est parce qu'ils en ont été empêchés par plusieurs causes qu'il est inutile de décrire, et que tout le monde connoît.

Cependant, voici quelques faits : lorsqu'en 1792, Dumouriez, après avoir conquis la Belgique, tenta l'invasion de la Hollande, il fut arrêté devant Maestrich. A son approche, deux

(81)

mille émigrés, sous les ordres du marquis d'Autichamp, s'étant jetés dans la place, ils la sauvèrent par leur intrépidité.

En octobre 1793, les lignes de Vissembourg
furent forcées, la légion de Mirabeau formoit,
comme on sait, la tête de l'attaque.

A Bertsheim en Alsace, 2 décembre 1793,
le corps de Codé, fort de 3 à 4000 hommes,
repoussa l'armée françoise, bien supérieure en
nombre. Le prince de Condé combattoit avec
avantage à la tête de l'infanterie noble; tandis
que le duc de Bourbon, suivi de la cavalerie,
se précipitoit au milieu des escadrons françois:
entraîné par son courage, il les poursuit,
franchit un ravin, et, un moment, se trouve
seul au milieu des républicains : entouré, assailli, il reçoit un coup de sabre au poignet :
sa valeur s'en irrité, il combat et se défend en
héros; les François étonnés, admiroient à la
fois, la belle stature, l'air martial, et le courage héroïque du prince. Dans la même journée, le duc d'Enghien chargeoit avec un corps
de jeunesse d'élite, appelé les *Chevaliers de
la Couronne*.

Condé, Bourbon, Enghien, quels noms illustres et chers à la France! que de souvenirs
ils rappellent! O vous! dignes fils du grand

6

Condé, jouissez de votre gloire, elle est pure, elle est complète ; vous avez bien rempli votre carrière ; vous n'avez point démenti le noble sang de vos aïeux !

Et toi, ombre chérie et à jamais regrettée, toi l'honneur et l'espoir de tes illustres parens ; toi qui eusses été l'orgueil de la France, comme l'émule de ses héros ; pourquoi faut-il qu'une politique atroce et sanguinaire ait tranché le fil de tes jours ? Oh! si les regrets et les gémissemens qu'ont donnés à ta perte tous les bons François, avoient pu racheter ta vie !... mais c'en est fait ! arrachons-nous à de trop douloureux souvenirs.

A Menin, (campagne de 1774) le gouvernement capitule, et rend prisonnière de guerre une garnison composée d'Hanovriens et de Hollandois : une partie de la brave légion de la Châtre, dite *Royal-Emigrant*, sort dans la nuit qui précède l'évacuation, surprend l'armée assiégeante, lui enlève des canons, lui fait des prisonniers, renverse et tue tout ce qui s'oppose à son passage, et échappe ainsi par son audace au massacre qui l'attendoit.

Toute l'Allemagne a retenti du mémorable combat de Kamlach, près de Mindelsheim, qui eut lieu le 13 août 1796. Quinze à dix-huit

cent chasseurs nobles s'étoient engagés pendant la nuit dans un bois rempli de bataillons
françois. Enveloppés de toutes parts, malgré
l'immense supériorité de l'ennemi, ils résolurent de périr plutôt que de se rendre ; l'affaire
fut terrible ; plus de huit cens gentilshommes,
dont cent vingt chevaliers de Saint-Louis furent
tués ou blessés ; trois maréchaux de camp, qui
faisoient les fonctions de capitaines, y perdirent la vie.

A Biberack, 2 octobre 1796, lors de la belle
retraite de l'illustre Moreau, c'en étoit fait de
l'armée autrichienne sans la résistance héroïque de l'armée de Condé, qui la sauva. Le
général Moreau, dans son rapport, se plut à
lui rendre ce témoignage éclatant de sa bravoure : et le général Férino a toujours fait le
plus grand éloge de l'armée de Condé ; qui
mieux que lui a pu la connoître et l'apprécier,
puisqu'il l'a si souvent combattue?

L'héroïsme et le désastre de Quiberon sont
assez célèbres.

Sans doute l'émigration a été une épidémie ;
elle a enlevé à la France des défenseurs intrépides, une foule de gens recommandables par
leurs lumières, et d'une vertu éprouvée ; tout
le monde sait cela. Aujourd'hui que l'on con

noît les effets de l'émigration et ses résultats malheureux, on en conclut que l'on n'auroit pas dû émigrer ; mais qui pouvoit prévoir l'avenir ?

Deux choses commandoient alors l'émigration, l'opinion et l'honneur. D'abord l'opinion générale qui faisoit croire alors que les véritables françois ne pouvaient défendre utilement leur Roi qu'après s'être ralliés, ce qu'il n'étoit pas possible de faire ailleurs que sur les frontières. Cette opinion étoit tellement puissante et tellement accréditée dans toutes les classes de la société, qu'en vain quelques sages auroient élevé la voix pour représenter que l'on faisoit une folie en émigrant ; que l'on couroit à sa perte ; que le Roi alloit rester sans défense au milieu de ses bourreaux, et la France sous le couteau des égorgeurs ; quand ils auroient démontré l'inefficacité et le danger imminent de cette mesure, il auroit, nonobstant, fallu passer de l'autre côté, parce que l'opinion générale l'avoit décidé aiusi.

La seconde cause de l'émigration, et qui est la plus puissante, c'est l'honneur. Du moment que l'opinion indiquoit que ce n'étoit qu'en pays étranger que l'on pouvoit sauver le Roi, l'honneur en faisoit une loi suprême pour tous les François, qui, dans tous les temps, se sont fait un titre de gloire de mourir pour leur Roi.

Pourquoi la noblesse françoise de tous les degrés a-t-elle émigré? Pourquoi, dans la classe du tiers-état, a-t-on trouvé tant de familles qui se sont dévouées pour la cause sacrée, en envoyant leur fils sous les drapeaux de nos princes? Pourquoi les femmes, dont l'influence est si grande en France, ont-elles applaudi au départ de leurs amans? Pourquoi les flambeaux de l'hymen ne devoient-ils s'allumer pour les uns qu'après leur retour, tandis que des quenouilles étoient envoyées à ceux qui différoient leur départ? Pourquoi tous les princes ont-ils abandonné leur palais, et renoncé à des dé-délices qu'ils ne pouvoient espérer de retrouver sous un ciel étranger? c'est l'honneur, c'est l'opinion qui le commandoient : l'opinion et l'honneur! quel mortel, quel François, dis-je, peut leur résister?

Voyons si en effet l'opinion est tellement puissante que l'on doive absolument se soumettre au despotisme de ses décisions ; je traiterai ensuite la question sur l'honneur.

Rousseau, en cherchant à établir, dans sa lettre à Dalambert sur les spectacles, par quels moyens les gouvernemens pouvoient avoir prise sur les mœurs ; et voulant prouver que c'étoit par l'opinion publique, et que les lois, les peines, ne devaient y entrer pour rien, choisit pour exemple, à l'appui de son opinion, la question du point-d'honneur et du tribunal des maréchaux de France, qui en avoient été institués les juges suprêmes. A son exemple, je viens traiter cette question, d'autant qu'elle rattache beaucoup plus à mon sujet, et qu'en faisant connoître la nature du point-d'honneur, on parvient plus facilement à démontrer la force de l'opinion publique, à laquelle les François ont dû obéir en émigrant.

Parcourons toutes les histoires depuis l'origine du point-d'honneur, ouvrons tous les ouvrages des philosophes, des moralistes et des politiques qui ont écrit sur cette matière ; nous y verrons que toutes les lois qui ont été rendues à cet égard, ont eu pour but de punir les duellistes ; nous y verrons que l'on s'est toujours attaché à démontrer l'immoralité et l'action du duel en lui-même. Mais ce n'étoit point le duel qu'il falloit combattre : le duel n'est point le fruit indifférent et éventuel de quelques circonstances qu'amène le hasard lui-même ; il est l'effet nécessaire et toujours renaissant d'une cause qui est sans cesse agissante. Or, quand par les réglemens les plus sages, les lois les plus sévères, on fût parvenu à restreindre momentanément l'action du duel, tant qu'on n'eût pas remonté à sa source, on n'eût pu compter sur un succès complet et radical : c'est comme si on eût voulu se débarrasser de quelques mauvaises plantes, sans songer à en extirper la racine. Qui ne connoît pas cet axiôme ! *Sublatâ causâ, tollitur effectus.* Pour détruire le duel, on devoit donc remonter à sa cause, et c'étoit cette cause qu'il falloit attaquer. Mais quelle est cette cause? elle est toute dans l'opinion : or, cette opinion est encore elle-même inattaquable, et c'est le comble de la folie que de prétendre la détruire, au moins directement. Dans tous les temps, on l'a appelée la reine du monde, et la raison en est toute simple.

Qu'est-ce que l'opinion publique ? C'est la réunion de la manière de voir, de sentir, de chaque membre de la société. Nous ne sommes pas libres de changer la nature de nos sensations, nous ne sommes pas maîtres de voir les choses autrement qu'elles se présentent à notre esprit ; et notre jugement qui n'est que le résultat de nos sensations, ou qui même selon quelques-uns, n'est qu'une sensation, est lui-même nécessaire. Lors donc que tous les individus qui composent une nation, voyent, ou sont convenus de voir telle chose de telle ou telle manière, quelle puissance pourroit altérer l'opinion générale qui en résulte ? Si quelque chose le pouvoit, ce seroit la démonstration de la fausseté de nos sensations ou de notre opinion ; mais cette démonstration est impossible : autant vaudroit démontrer à un homme que ce qu'il croit voir, entendre, sentir, il ne le voit, ne l'entend et ne le sent pas réellement : autant vaudroit lui prouver que ce qui est blanc à ses yeux est cependant noir, et que ce qu'il croit chaud est froid.

L'on peut, à la vérité, démontrer, par exemple, à un homme atteint de la jaunisse, qu'il se trompe lorsqu'il croit voir tous les objets teints d'une couleur jaune, en lui représentant la totalité des individus dont il est entouré qui voient unanimement les objets sous d'autres couleurs.

Mais si une nation toute entière s'accorde à voir une chose sous le même point de vue, quand ce point de vue seroit faux en lui-même, qui pourroit la détromper ? En vain quelques personnages et même un grand nombre, élè-

veroient la voix pour combattre cette erreur,
cette voix ne seroit entendue de personne ;
elle seroit même repoussée, si l'immense ma-
jorité ne sent pas la même chose.

Cette force de l'opinion s'accroît en proportion de l'importance de l'objet sur lequel
elle porte. Dans la question qui nous occupe,
elle est liée aux sentimens les plus vifs du
cœur humain, puisqu'elle tient à cette passion
nationale, ce moteur tout-puissant des grandes,
des sublimes actions, à l'honneur enfin, dont
le germe est inné dans tous les hommes, et
duquel on retrouve des étincelles même parmi
les êtres encore dans l'état de nature brute.

Le meilleur moyen donc de combattre cette
opinion seroit de l'éclairer, et de la dépouiller
de son erreur, et il est évident que c'est l'ouvrage du tems.

Ainsi que fait-on, quand on prononce des
lois sévères contre l'objet d'une opinion er-
ronée, et en particulier contre le duel? L'ab-
surdité la plus palpable.

Qu'est-ce en effet qu'une loi? C'est, en réu-
nissant toutes les opinions sur cette question,
l'expression de la volonté générale. Mais cette
loi qui est l'expression de la volonté générale,
peut-elle condamner ce que l'opinion générale

approuve ? Le peut-elle surtout , si elle n'est que l'expression de la volonté d'un seul , ou d'une corporation quelconque ? Dans le premier cas , ce n'est qu'une contradiction à la vérité bien ridicule ; mais dans le second cas , c'est l'acte de la plus folle tyrannie, puisqu'elle voudroit agir sur la pensée.

En effet , quoi de plus contradictoire qu'une loi qui vous dit « si tu te bats , je te fais casser la tête ». Quand l'opinion plus puissante que la loi vous dit impérieusement « si tu ne te bats pas , tu seras déshonoré. » Déshonoré! A ce mot terrible , tout mon corps frissonne , ma langue s'épaissit, mes cheveux se dressent , je m'élève au-dessus des rois et des lois, je me précipite sur mes armes et je vole où l'honneur m'appelle. « Qu'appelez-vous l'hon- » neur, me dira-t-on ? C'est le prostituer » que de le faire servir à une frénésie bar- » bare qui vous fait plonger un fer homi- » cide dans le sein d'un ami, d'un parent; le » véritable honneur est au champ de bataille, » il est là où vous servez bien votre pays ». Je réponds : Vaine déclamation, l'honneur est partout où l'opinion l'a placé. Tous les peuples de la terre ont été et sont gouvernés par des préjugés , par des erreurs , par des mensonges ; tous ont sacrifié à l'opinion leurs intérêts les plus chers : pour l'opinion ils ont oublié leurs devoirs, ils sont devenus cruels et barbares ; des flots de sang attestent leur servile hommage. C'est l'opinion qui fait toute la force des rois, des religions et des lois ; vient-elle à changer, les lois périssent, les prêtres perdent leurs encensoirs et les rois leurs sceptres.

Il est clair que partout où l'opinion sera en opposition avec la loi, cette dernière demeurera impuissante, par la raison bien simple qee l'opinion générale doit l'emporter sur l'opinion de quelques particuliers ; et puis par la nature des prétentions respectives de l'opinion et de la loi. Que veut dire la loi quand elle dit, » si tu te bats, tu mourras »? C'est comme si elle disoit : Tu mourras, si tu méprises la mort, si tu t'exposes à la mort.

Il est évident que la loi n'est nullement conséquente à elle-même, et qu'elle menace d'un châtiment ridicule, qui même n'en est pas un, et qui par sa nature est fait pour appeler à la provocation.

Que dit au contraire l'opinion quand elle prononce : » Si tu ne te bats pas, tu seras déshonoré ? » C'est comme si elle disoit : Si tu

» ne t'exposes pas à la mort , tu encourras
» une peine réputée plus terrible , le déshon-
» neur ».

Ce que dit l'opinion générale est aussi raisonnable et conséquent , que ce que dit la
loi est absurde et ridicule ; l'une pour empêcher de commettre une action qui est regardée comme louable et honorable , menace
d'une peine dont le mépris fait honneur ;
l'autre pour punir un délit infamant , propose
une peine qui est regardée comme la plus
terrible. Toute la raison est donc d'un côté ,
et la folie de l'autre.

Cette vérité est tellement évidente que par'
tout l'on a vu les législateurs qui ont rendu
ces lois , les magistrats chargés de leur exé-
cution, se montrer les premiers infracteurs
de ces mêmes lois , les premiers esclaves de
l'opinion contraire , et se dépouiller de leur
caractère pour obéir promptement au préjugé.

Honneur à celui qui a dit: « Louons le citoyen qui respecte le préjugé , c'est-à-dire ,
la raison de son pays ».

Concluons que l'opinion publique qui commande le duel a dû nécessairement l'emporter sur toutes les lois imaginées pour le réprimer , parce qu'on l'avoit laissée elle-même

intacte , et qu'on n'avoit rien fait pour la combattre.

Ainsi les rois armés de toute leur puissance , secondés par les foudres du Vatican, et soutenus de tout ce qu'il y avoit d'esprits sages et d'écrivains moralistes, ont vainement attaqué le duel , et non, pas le préjugé sur le duel comme le prétend Rousseau , puisque je viens de démontrer qu'ils n'ont au-contraire rien fait pour cela. Les édits foudroyans de Louis XIV, et sa fameuse déclaration du mois d'août 1679 , ne produisirent également aucun des bons effets que l'on en attendoit. Au contraire, on vit dès-lors le duel se reproduire avec plus de fureur que jamais , sous le nom frauduleux de *rencontre* ; c'est sous ce travestissement que cherchant à éluder la loi, il a étendu davantage son empire tyrannique.

On voit par ce qui vient d'être dit , quelle prise l'opinion a sur les hommes, quelle puissance elle exerce sur eux , puisqu'ils sont forcés d'obéir servilement au préjugé sur le duel qui tient le plus de la barbarie et de la férocité.

Est-il donc si étonnant que l'opinion qui a

mis l'émigration à la mode, ait eu tant de succès ? Non-seulement il ne s'est trouvé personne pour la combattre ; mais tout ce que la France avoit de bons citoyens applaudirent à une démarche du succès de laquelle devoit, selon eux , dépendre le salut de l'Etat ; et dans ce déplacement général , c'étoit à qui partiroit le premier , pour donner à son souverain la mesure de son dévouement et de sa fidélité ; jamais intention ne fut plus pure, ni plus généreuse, ni plus cruellement déçue. Quand même le Roi auroit pris les mesures les plus sévères pour empêcher l'émigration, elle n'auroit pas eu moins de succès , parce que ses amis et ses ennemis auroient été persuadés, les premiers, que c'étoit la force qui l'avoit fait agir ; les autres, que c'étoit la peur.

Les François, en émigrant, marchoient sur les traces de la famille royale qui les avoit précédés ; ils étoient attendus dans les camps par les maréchaux de France, par nos Princes; tous les officiers de l'armée royale , auxquels l'honneur étoit cher, passoient de l'autre côté pour répondre à son appel ; des régimens entiers, animés des mêmes sentimens, y passoient avec eux : ils étoient suivis dans leur route

par tout ce qu'il y avoit de grands personnages dans l'Etat, tous partoient pour la cause
commune, pour la cause de leur Roi ; ils partoient, en un mot, parce que l'opinion toute-
puissante l'ordonnait ainsi.

Maintenant, je vais faire voir que l'honneur le commandoit encore plus impérieusement.

Je parlerai d'abord de l'honneur par excel-
lence, si je peux m'exprimer ainsi, j'entends
de l'honneur militaire, ou si l'on veut de
l'honneur national, considéré sous le rapport
militaire.

C'est cet honneur, ce feu sacré, cette *auræ
particula divinæ*, si chère à tout François,
que je veux essayer de définir.

Un grand homme, Montesquieu, a dit que
l'honneur étoit la base des monarchies. Dans
la devise qui a été donnée à la légion d'honneur, lors de sa création, le mot *honneur*
est placé avant celui de *patrie*. Effectivement,
l'honneur n'est autre chose que l'amour de la
patrie, quintessencié, déguisé, si j'ose m'exprimer ainsi, sous une forme plus brillante ;
car on conçoit plutôt l'amour de la patrie

sans honneur, que l'honneur sans l'amour de la patrie.

L'honneur national, considéré sous le rapport militaire, est-ce sentiment sublime qui doit porter une nation à maintenir par les armes, ses droits à l'estime et au respect des peuples voisins, et à conserver toujours son indépendance, son rang, et même sa supériorité.

Sans doute la nature a gravé ce devoir dans tous les cœurs; il est même beaucoup de ces hommes généreux qu'enflamme la gloire de leur patrie, indépendamment de l'attrait de toute récompense, et qui sont toujours prêts à sacrifier leur vie, soit pour maintenir ses prérogatives, soit pour venger ses injures; mais, il faut en convenir, c'efeu sacré n'a pas par-tout la même intensité, et il s'affoibliroit considérablement, s'il n'existait rien pour le raviver. Tout ce qui intéresse la société entière, n'intéresse que foiblement les individus; ce qui est la propriété de tous, n'est à-peu-près la propriété de personne. On aime assez à se reposer sur ses voisins d'un devoir qui est commun à tous, et comme la portion de gloire ou de honte, qui se partage entre tous

les membres d'une société, se réduit à peu
de chose pour chacun, il en est peu qui ne
croyent pouvoir négliger l'une, comme ils
espèrent échapper à l'autre. Le grand art du
législateur seroit donc de distribuer cet honneur national entre tous les membres d'une
nation, ou plutôt de composer à chaque corps
d'Etat, et à chaque individu, son honneur
particulier, dérivé de l'honneur national ; de
manière que cet honneur fût, pour chacun
individuellement, ce qu'est l'honneur national
pour la nation en masse ; que chacun y fût
attaché comme à sa propriété personnelle et
exclusive, et qu'il fût toujours prêt à le défendre comme s'il s'agissait de sa vie. Il en
résulteroit que, si toutes les parties constitutives de cet honneur sont bien distribuées,
si tous les honneurs particuliers sont bien coor-
donnés avec l'honneur national, et si chacun
fait valoir la portion qui lui est échue, la nation prise collectivement aura satisfait à l'honneur, tandis que chacun n'aura cru travailler
que pour le sien propre.

Or, ce grand art est tout trouvé : il ne s'agit
plus que de le conserver, ou plutôt de le perfectionner. Tout le monde sait que les abstrac-

7

tions n'agissent que foiblement sur les esprits, et que l'homme ne se laisse prendre facilement que par ce qui frappe les sens. Ainsi le culte d'un Dieu qui est universel, a eu besoin pour se maintenir en tout temps , et partout , que chaque nation, chaque individu, s'en soit fait une idée physique , et l'ait représenté sous différentes formes.

Il en est de même de l'bonneur : il est constant que ce mot, comme tous ceux qui nous offrent une idée morale , eût été trop vague pour conserver sur les âmes une action toujours puissante et continue. Il a donc fallu attacher à ce mot des signes sensibles qui ayent la puissance d'un talisman , qui le rendent toujours présent à notre esprit , et en fassent le but de toutes nos actions.

Appliquons ces principes.

Une grande nation est en guerre avec toutes les nations voisines ; cette nation a des armées sur toutes les frontières. Le général d'une de ces armées, qui représente la nation, ou qui a sa pensée, est en face d'une armée ennemie aussi aguerrie que la sienne et supérieure en nombre ; cette armée qui lui est opposée , occupe même une position plus avan-

tageuse ; elle est en outre dans un camp fortement retranché , assis sur deux éminences ,
et protégé par une place forte ; comment
attaquer un ennemi qui a tant d'avantages ? Ne
serait-ce pas s'exposer à une mort certaine ,
et à une défaite inévitable ? Cependant le général est impatient de réparer les pertes et
les défaites que son armée , sous d'autres capitaines , avait essuyées précédemment ; ins-
piré par son génie , il brûle de combattre l'ennemi. Déjà l'ordre de l'attaque est donné et
le combat avoit recommencé trois fois, à trois
jours différens , et malgré des prodiges de
valeur, l'ennemi n'avait point encore été
forcé. Un camp inexpugnable garni de cent
bouches à feu, prètes à vomir la mort, et à
balayer tout ce qui se présentera, portoit le
découragement dans l'armée , et enfin elle hé-
sitoit, parce que la valeur, dans une telle
occasion, est toute passive : le général s'en
aperçoit aussitôt. Que fera-t-il ? Dira-t-il à
ses soldats : « Mes amis, il faut forcer ce camp,
» l'honneur national vous le commande ; si
» vous refusez, vous lui portez une atteinte
» mortelle. » Chaque soldat se croiroit en
droit de lui répondre : « L'honneur national

» n'a pu être perdu ou entaché que par la na-
» tion entière, il ne peut pas dépendre des
» fautes d'une portion de ses membres ; or
» toutes les armées réunies, et à plus forte
» raison celle-ci, n'en sont qu'une très-pe-
» tite portion ». Mais ce général sait que
chaque armée a son honneur particulier formé
de l'honneur national, et c'est cet honneur
particulier qu'il va faire parler. Il sait à quels
signes cet honneur particulier a été attaché,
et ce sont ces signes qu'il va mettre en mou-
vement.

Son bâton de commandant est dans sa main,
il le jette au milieu des retranchemens ennemis, et malgré le feu, et sous la mitraille, il
se précipite, l'épée à la main, pour le re-
prendre. Cette action n'a pas besoin de com-
mentaire, toute l'armée la comprend : laissera-
t-elle son général seul, avec son bâton dans les
retranchemens, l'abandonnera-t-elle ? Oh !
c'est encore plus impossible que de braver la
mitraille, et la mort la plus certaine. Cette
vue a frappé les soldats d'une commotion élec-
trique ; toutes les âmes sont enflammées d'une
commune ardeur ; en un instant le régiment
de Conti, que dis-je ? toute l'armée s'est

ébranlée ; elle a environné son général , et a repris son bâton de commandement : l'ennemi est culbuté , et les chants de la victoire retentissent sur toute la ligne (1).

Voilà l'honneur national satisfait , et l'armée pourtant n'a combattu que pour l'honneur particulier de son bâton de commandement.

Ce que je dis de l'honneur de l'armée par rapport à l'honneur national , je le dirai de l'honneur de chaque corps par rapport à l'honneur de l'armée.

L'ennemi doit attaquer, ou l'on doit attaquer l'ennemi sur une ligne de dix ou même vingt lieues , le commandant de chaque corps, ou le capitaine de chaque compagnie représentera-t-il à ses soldats qu'ils ont à combattre pour l'honneur de l'armée ? Chaque soldat se souciera peu d'une responsabilité qui lui est commune avec cent mille autres. Mais il leur dira : « Camarades , voici l'instant d'ajouter à » la gloire immortelle du régiment auquel » vous appartenez, de soutenir avec éclat » son nom, son numéro, votre honneur ,

____

(1) Bataille de Fribourg.

» bien plus que le danger vous commande
» de repousser l'attaque de l'ennemi qui fond
» sur vous, ou de l'enfoncer vous-mêmes,
» ou d'emporter la redoute qui est en face
» de vous, ou de franchir cette montagne,
» ce fleuve, etc.... ».

Alors, chaque corps, sans s'occuper de la conduite des autres, et ne songeant qu'à la tâche qui lui est particulière, va faire pour l'honneur de son nom, de son numéro, et par esprit de corps, ce qu'il ne feroit que foiblement pour l'honneur de l'armée, et il se battra avec la même ardeur que s'il voyoit toute la France rangée sous ses drapeaux, parce qu'il sait que, quel que soit le succès de la bataille, quel que soit le parti victorieux, s'il se comporte bien, ou s'il se comporte mal, la gloire ou la honte des autres corps de l'armée ne peut pas lui être commune, et qu'il ne sera jugé que sur sa conduite particulière. Il s'en suit que, si tous sont animés du même esprit, s'ils remplissent également leurs devoirs, et s'ils ont également satisfait à leur honneur particulier, ils auront contribué, sans le vouloir, au moins directement, à conserver intact l'honneur de l'armée, et à lui donner un nouvel éclat.

Descendons maintenant aux individus. Le général veut que, dans un jour de bataille, tous les soldats de la même compagnie soient les défenseurs solidaires de l'honneur et des drapeaux de leur compagnie. Que fait-il pour cela ? Il suit à l'égard des individus le même système qu'à l'égard des différens corps de l'armée, il compose un honneur particulier pour chaque soldat, et il leur dit : » Lorsque » vous serez en face de l'ennemi, vous ne fui- » rez point les coups de votre adversaire : » vous ne lui tournerez point le dos, vous » ne vous laisserez point enlever votre plumet, » vos galons, vos épaulettes, et bien moins » encore vos armes, ou vous serez déshono- » rés ». Il est clair que si tous les soldats d'une compagnie ne se laissent ni arracher leurs armes, ni enfoncer, ni vaincre, leur drapeau ne leur sera point enlevé.

Il est encore une foule d'autres lois ou usages prescrits par l'honneur militaire, que je ne décrirai point ici, parce qu'ils sont assez connus ; mais il est un mot heureux dont le pouvoir magique opéroit autrefois des prodiges, que la révolution n'a pu faire tomber, et qui a repris heureusement toute sa force depuis que le fils du grand Henri nous est rendu. Mourir

pour son roi, s'écrioit-on autrefois ! On ne
concevoit rien de plus beau, de plus glorieux.
Quel est le chevalier françois, le militaire, qui
n'envioit pas une telle mort? Sans doute il est
glorieux de mourir pour son pays, pour la
nation ; mais cette idée a quelque chose de
trop vague, et l'on est plus disposé à se sacrifier pour un seul que pour la multitude, par
la raison bien simple qu'on peut en être
aperçu plus tôt, plus facilement, et qu'on en
a plus de reconnoissance à attendre. C'étoit
un spectacle sublime que de voir, dans les
beaux temps de la monarchie, l'élite de la noblesse françoise se presser autour de son roi
au milieu des combats et des horreurs de la
mort, et le forcer à s'écrier : « Ah ! laissez-
» moi, mes amis, laissez-moi respirer ! je
» veux aussi partager vos dangers et combattre
» avec vous. «

Félicitons-nous de ce que ces temps de
brillante mémoire sont revenus ; toute la nation n'est-elle pas dans son chef auguste ? les
intérêts de l'un ne sont-ils pas ceux de l'autre ?
peuvent-ils être séparés ? C'est encore de cette
manière qu'en ne songeant qu'à verser son
sang pour la défense de son prince, on défend
son pays, on meurt pour sa patrie.

Ainsi, le temps qui est le meilleur législateur, ou le hasard, a voulu que l'honneur fût
distribué entre tous les corps de l'État, entre
tous les individus, de manière que chacun
eût sa portion d'honneur attachée à des signes
convenus, et qu'il fût tenu de la défendre par
tous les moyens qui sont à sa disposition. De
cette distribution bien ordonnée, il doit résulter que, si chacun satisfait exactement à tout
ce que lui prescrit son honneur particulier,
l'honneur national restera intact. C'est la si-
militude parfaite de ce qui se passe dans le
corps humain, dont l'état de santé dépend de
la circulation du sang qui, en sortant du cœur
pour se distribuer dans toutes les extrémités
du corps, y retourne sans cesse et vient s'y
purifier de nouveau.

Dans l'état de société, il y a encore une
foule d'honneurs, ou plutôt tout est honneur,
tout est esprit de corps ; la profession la plus
vile, aussi bien que la plus noble, a ses partisans et ses prétentions ; chacun s'efforce à
l'envi de relever les fonctions de son état,
de son métier, et d'en défendre les attributions. Si on vouloit y regarder de près, on
verroit que cet esprit de corps contribue au
maintien des états plus qu'on ne pense, et que

lorsque ceux-ci ont perdu leurs mœurs, et que les idées philosophiques y ont étouffé l'esprit public, ce sont les honneurs propres à chaque corporation qui soutiennent les gouvernemens dans leur décadence, et les empêchent de s'écrouler si rapidement. Aussi les créateurs de la république françoise se sont-ils ils étrangement trompés, lorsqu'ils ont statué de toute la hauteur de leur sagesse, qu'il n'y avoit plus de corporations, plus des maîtrises, etc. ; que toutes ces entraves du despotisme étoient abolies sans retour, que chacun étoit libre d'exercer la profession qu'il jugeroit à propos, sans qu'au préalable il subît un examen et qu'il se fît recevoir ou passer maître.

Comment ces doctes législateurs n'ont-ils pas compris que la science de s'attacher les hommes étoit de les attacher individuellement par un lien quelconque à l'Etat, de faire en sorte que chacun aime sa condition et s'en honore tellement, que croyant ne travailler que pour soi, il travaille réellement pour le gouvernement ? et que, pour y parvenir, il falloit, si je peux m'exprimer ainsi, créer une foule de petits Etats dans l'Etat lui-même, et, sans rien céder de son empire, en ériger autant de petits qu'il peut y avoir de professions connues; donner à chacune d'elles des prérogatives, des distinctions ; leur créer des honneurs particuliers, de telle sorte que tous aiment leur état, qu'ils mettent de l'importance à y remplir les fonctions de doyen, de syndic ; que, dans leurs assemblées particulières, les intérêts de la communauté puissent être discutés avec la même gravité que les intérêts publics dans les assemblées nationales ; que chacun se croye un personnage important et s'estime heureux d'appartenir à un gouvernement tutélaire qui donne un tel relief à sa profession. Eh ! ne sait-on pas qu'en tout temps et partout c'est avec des hochets que l'on a amusé et gouverné les hommes ? C'est cependant avec de tels moyens que les arts fleurissent, que le commerce et l'industrie prospèrent, que les fortunes s'accumulent, que la population s'accroît et que le monarque d'un Etat gouverné d'après ces principes, doit être le premier, le plus fort monarque de l'univers, comme le plus aimé.

Toutes ces différentes corporations sont au corps politique ce que sont au corps humain des milliers de petites fibres et de vaisseaux imperceptibles : ces fibres, ces vaisseaux sont indispensables à notre organisation physique ; s'ils viennent à se rompre, la santé s'altère, le corps se dissout, il faut périr. De même, rompez les liens qui attachent les individus à la société, ou laissez-les dans l'isolement, et bientôt elle sera dissoute.

Il est encore des honneurs qui s'acquièrent de diverses manières : par exemple, tout le monde sait qu'il existe une distinction bien marquée entre l'honneur et les honneurs, que l'on peut être couvert d'honneurs et cependant manquer d'honneur. Au surplus, les honneurs dont nous parlons valent-ils bien aux yeux du sage, du moraliste, la peine que l'on s'en occupe ? D'ailleurs ils ne sont que le partage d'un petit nombre : c'est à la vérité une monnoie avec laquelle les Princes payent quelquefois de grands services, récompensent des actions d'éclat ; sur-tout, il est bon qu'ils soient extrèmement avares de ces sortes de distinctions.

C'est au Roi qu'il appartient de juger jusqu'à quel point il doit multiplier les récompenses : il est intéressé le premier à leur donner la plus grande valeur possible, et il sait tout aussi bien qu'un autre, ce qui peut la déprécier ou la leur faire perdre.

Aujourd'hui, on rencontre des bouts de ruban par tout, on les voit attachés sur toutes sortes de poitrines, et il en est qui traînent leurs honneurs si bas! si bas!

S'estimer et mériter l'estime, voilà l'honneur a dit l'auteur des Lettres Persanes. C'est de cet honneur qu'il devroit être affreux de manquer, et dont plusieurs se passent fort bien, pourvu qu'ils soient gorgés des autres.

On voit, d'après ce qui vient d'être dit, que chaque profession a son honneur qui lui est propre, et que chacun doit le défendre avec toute l'énergie dont il est capable, sous peine d'infamie. En France, la plus brillante des professions, c'est l'art militaire; l'honneur en est le premier mobile. Cet honneur est si puissant qu'il exerce son empire sur toutes les classes de la société, mais plus particuli-culièrement sur la noblesse, puisqu'elle est essentiellement militaire. C'est pourquoi, à peine l'opinion eut-elle prononcé que l'émigration étoit nécessaire au salut du Roi, qu'aus-sitôt l'honneur en fit une loi sacrée, à laquelle on s'empressa d'obéir avec un dévouement et un enthousiasme aveugles. Pouvoit-on se permettre de réfléchir sur les chances péril-leuses que devoit faire craindre une pareille démarche, quand l'honneur avoit parlé, quand il s'agissoit de sauver son Roi, et quel Roi ! le meilleur des Princes ! D'ailleurs un gentilhomme, un François, calcule-t-il jamais le danger quand il marche à la gloire ? Dans cette circonstance unique dans les fastes du monde, plus le péril étoit imminent, plus l'honneur commandoit de le braver ; ainsi, les François, en émigrant, ont fait ce qu'en pareille occasion on auroit vu faire chez toutes les nations, à tous ceux qui, en cédant à la voix de l'opinion, se seroient fait, moins un devoir qu'un bonheur, de satisfaire à la passion la plus noble, la plus généreuse, à l'honneur.

F I N.

<hr>

De l'Imprimerie de C.-F. PATRIS, rue de la Colombe, n° 4, en la Cité.